天馬行空 破格創新

天行者出版
SKYWALKER PRESS

# 如果記憶中沒有了你

# 目錄

# Prélude
# 前奏曲

# Prélude 前奏曲

夕陽如金箔般灑在走廊上，溫暖蔓延到音樂室和美術室的棕啡色木門。

我從音樂室走出來，梳了梳瀏海，又把長髮撥到背後，深深吸一口氣，才鼓起勇氣敲了美術室的門。

近一年來，我在放學後無數次出入美術室，卻從沒像現在般緊張過。伴著我的心跳聲，門被拉開，一隻手突然伸出來，不由分說地把我拉進去。

「好慢啊！」美術室怪人說著，便把一塊黑布蒙在我雙眼上。

「等、等一下！你在幹甚麼呀？」

「乖一點，不要吵嘛。說了，我們要交易啊。」

「所、所以說，交易是甚麼啊？為甚麼要把我的眼睛蒙起來？」

這個美術室怪人是我的同級同學，名叫文梓穎。五官長得很好，但個性乖張交不到朋友，只會躲在美術室裡用油彩把自己弄得髒兮兮。

唔，雖然說交不到朋友這點，我也沒資格說他就是了。

總之，我們在學校裡算是熟人。所以他叫我放學後去美術室，我就依時應約。沒想到，竟會被這怪人蒙眼處理。

還好黑布針數不算密，我仍能感到美術室窗外映進來的橘色陽光。

美術室怪人雙手搭著我的肩膀，推著我前行。

「你別亂動啊，被甚麼天拿水、松節油潑到毀容了，我可不負責啊？」

「我可不怕，反正本來就長得很普通。」

「是嗎？我倒是覺得可以普通地負責啦！」

臉上一熱，我匆匆低下頭，不讓他發現我的臉有多紅。偏偏他卻停下腳步，走到我身邊，手卻突然在我臉前一掃，拿開了擋在我眼前的黑布。

「啊！」

我連忙用雙手擋住臉。

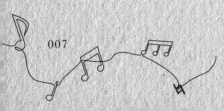

「你可以看了啊。」

我悄悄從指縫之間偷看他，只見他正望著我，露出無比自信的笑容。而且，他的臉上和衣服都沒有油彩。

我有點愕然，今天跟平常還真的不太一樣。

我緩緩放低雙手，只見午後的陽光斜斜照進美術室裡。在梓穎手指著的方向，一幅比我高一點的大型油畫正靠立在窗前。

畫裡，長著美麗白色羽翼的天使正躍然於一片溫暖明亮的雲彩之中。她的翅膀正要開啟，準備往天空飛翔。羽毛和光芒溫柔地從她的身邊飄開，彷彿四散的希望，佈滿了整張畫布。

奇怪的是，這個天使雖然畫得非常細緻，她的臉上卻沒有五官，沒有眼耳口鼻，只有一片空蕩蕩。

初見這畫的剎那，我的靈魂被深深撼動了，差點以為自己真的看到了天使；但看清楚這張臉之後，又覺得說不出的古怪。這是甚麼新派的藝術手法嗎？

梓穎拍拍我的頭，走上前輕撫巨大的畫框。

「漂亮吧？這將會是我的代表作！名字我都想好了，叫《天使的微笑》。」

「甚麼微笑啊……你根本還沒畫五官！」

他回過頭來，笑得無比溫暖：「放心吧，等我回來之後，我就會畫的啦。所以，你安心跟我交易吧！」

「我完全不懂——說了半天，交易到底是甚麼啊？」

「這幅半成品你先幫我守護著。等我回來之後，你的報酬就是得到我這幅代表作的完成品！怎樣？很划算吧？」

我的大腦一時沒轉過來：「回來？甚麼？」

「到那時候這幅畫絕對已經升值千萬倍！我是你的話，就馬上答應下來啦。」

「不，我是問……你要去哪裡？」

他曖昧地笑笑，望向窗外避開我的眼神：「上次參加那個青年藝術獎，雖然沒得獎，但法國來的那個評審覺得我很有潛質，叫我跟他回去學藝……哈，聽起來就像漫畫情節，對吧？我連一個本地大獎都還沒拿過呢，居然會有這種事，我也覺得很不可思議啊。」

「這種……真的不是騙案？」

「哈哈，怎麼會？難道你覺得這年代還有拐子佬？那評審是個大學教授，已經幫我在那邊的大學辦好手續了，正式的入學通知書也收到了。」

難怪今天一直眼尾跳。原來眨眼之間，我們每天躲在音樂室和美術室自得其樂的日常即將成為歷史，永遠不再。

我內心翻騰，目光找不到焦點。四周壁報和陶瓷作品彷彿隨時要壓過來般，充滿壓迫感。水墨、調色粉、油粉彩、膠彩、溶解劑、固色劑等氣味混在一起，囚禁住一股悶熱的氣味，令人透不過氣來。

我靠著長桌，避開他的眼神：「那……你幾時會回來啊……」

他在我身前一步之遙，咬著手指打量我：「怎麼？你捨不得我嗎？」

我雙頰發燙：「我、我才沒那麼說！只是……你要我幫你保管，那……也要告訴我保管期吧？」

「我也說不準啊，我現在才開始學法文，也不知要花幾年才能畢業。可是……嗯，無論如何，我一定會回來的，一定……所以啊……」

他把視線移到天使身上，泛紅的側臉帶著害羞。

「灤，請你不要忘記我——好嗎？」

# 你大概已經忘了我

# ❶ 你大概已經忘了我

有時我會想，所謂的記得，究竟是甚麼呢？

假如只有我一個人記得的話，那我記得的東西，也不過是空中樓閣吧？

「阿濚，等等啊！你別想逃——」

六月，悶熱的夏夜，新加坡。

站在酒吧街的入口，Isabelle 拉住我的手臂，阻止我過馬路。

「我……我哪有逃……」

「你就是在逃嘛！」

她盤起雙手，一臉不滿：「你自己說，大學這四年來，我介紹過多少好男生給你？每次你不是找藉口失約，就是不斷放人家飛機。這都算了，我們難得來新加坡畢業旅遊，只是想去酒吧坐坐聊聊天啊！這樣你也要逃？」

「但我跟陌生人都沒話要說嘛……酒吧不是很多搭訕的——」

「沒有陌生人！只有我們四個啊。」

她指指身後這次的新加坡旅行團團友——她的青梅竹馬阿暉，和阿暉的朋友 Jimmy：「就我們自己聊一會啦，不過分吧？」

說實在的我完全沒興趣，但又很怕 Isabelle 生氣，於是便指指隔街的建築物：

「那、那個，美術館就在那邊啊。我只是去看一眼，之後就過來會合你們啦。」

她嘆氣：「都這個時間了，美術館早就關門了吧？」

「那……看看門口也好啊。你也知道，我的畢業創作一直卡住，很需要靈感嘛。」

「你們這些藝術家，還真是——」

我湊近她的耳邊：「其實我是想去借洗手間啦。不好意思讓男士們聽見嘛。」

「哎——你早去早回吧！別要我擔心你！」

Isabelle 終於放人，我鬆一口氣，直向美術館跑去。下機時我就注意到廣告牌，說新加坡美術館現正展出法國年輕畫家作品。

法國年輕畫家啊……

那個去了法國學畫的自我中心怪人梓穎，已經好幾年都沒聯絡我了。他會不會正

好來展出他的作品呢？然後正好展覽完畢，離開的時候就被我碰上？

「你還記得我是誰嗎？我可一直記著你啊！」

讓我見到他的話，一定要這樣罵罵他！

——但應該不可能吧？才六年時間，再怎麼天才應該也沒到跨國展覽的地步。

不過，假如是跟著師父來的話，說不定……

「Ouch!」

我一邊想東想西一邊跑進美術館的門廊，突然聽到一聲慘叫，同時感覺自己踩到了甚麼。我慌忙抬頭，前額又「砰」的一聲撞上那人的下巴。

「Oh my god…」那穿白恤衫的男人悲鳴，聲音聽起來似乎很年輕。

「對、對不……Sorry…」

我按住前額，頭暈眼花地後退：「Are… Are you okay?」

「I' m okay…」眼前的受害者捂住下巴捲起背，一臉痛苦。

我心中有愧，想扶他去大門前的長椅坐下，卻不經意跟他的眼神相遇。

四目交投，彼此都是一愣。

「梓穎……？」

「你……你怎麼，來了……」說的竟是廣東話。

我盯著他的眼睛，完全呆住。

——這，是幻覺嗎？

因為剛才撞得太狠，所以出現了不可能的幻象？

在幽暗的門廊裡，馬路上的車燈燈光悄悄爬上眼前男子的臉頰，在他的眼裡，是無比認真的凝望。

他的眼神，既困惑又難以置信。他伸出手，彷彿想觸碰一個幻覺：「怎麼可能……」

「阿灤！」

突然一道強光伴隨著叫聲傳來，我們同時擋住眼睛。

眼睛再張開的時候，團友阿暉正舉起手機燈高速跑來，還帶起陣陣風聲：「你沒事吧？喂，色狼，你別想亂來啊！」

他一把推開白恤衫男子，還非常順口地對那人罵了一串英文粗口。

「等、等等，阿暉，他是……」我正要解釋，白恤衫男子卻已後退幾步，擺出投降手勢用英文解釋自己認錯人，一切是意外。

站遠了的他，在阿暉的手機燈下看，又似乎不那麼像是梓穎了……

白恤衫男子向我道歉，便轉身離去。阿暉鬆一口氣，緊緊抓住我的手臂把我拖回酒吧街：「人在外地要小心啊！你沒有聽說過旅遊時被迷暈偷腎的新聞嗎？」

我唯唯諾諾，卻忍不住回頭，誰知正遇上白恤衫男子的目光。

——他，竟也在回頭看我。

眼神相遇的一刻，他彷彿秘密被揭穿般匆匆迴避，轉身遠去。

從離開美術館到走進酒吧、到回酒店房，我的腦子仍不斷重播著白恤衫男子的臉。

——那男人，應該不是梓穎吧？

但，為甚麼會這麼像？

**「你……你怎麼，來了……」**

如果他不認識我，他怎麼會這樣說？

如果他是梓穎，又為甚麼不與我相認，反而跟阿暉說是認錯人？

道理上，梓穎當然在法國。但那樣的話，這白恤衫男子又是誰？

我不記得自己認識誰長得這麼像梓穎啊……

我半躺在酒店床上苦惱不堪，突然聽到 Isabelle 的聲音：「阿瀠，你怎麼了？剛才在酒吧起就一直心不在焉啊？」

「唔……阿 Belle，你曾經試過遇到好像認識你的人嗎？」

「當然。」剛泡完澡，一邊敷面膜一邊吹頭髮的 Isabelle 答得理所當然：「常常都有些陌生男生來找我，問我是不是某某中學的，再不然就說在某某補習班見過我之類。」

「不是這種啦，是那種……你也覺得自己認識他，但道理上又不可能……」

Isabelle 以雷射眼望向我：「就是剛才那個？阿暉說的美術館色狼？」

「是……但他不是色狼啦，是誤會吧？是我不看路撞得他很痛在先。」

「然後他說認識你？」

我皺眉苦思：「他沒有這麼說，只是他的眼神和表情……」

Isabelle 跑來我的床上，表情浮誇地搭著我的肩：「那就實在太好了啦！你知道嗎？戀愛都是由所謂的 Déjà vu、既視感開始的！果然啊，帶你來旅遊還是有用的！快趁畢業前找個男朋友吧！」

話題完全歪掉了，我苦笑：「我在說的不是戀愛啊，是記憶……我第一次來新加坡啊，怎麼可能會有人認識我？」

「記憶？哎呀，反正你大學都讀四年了，又常常要幫忙彈琴，總會在周會、校慶活動見過很多人吧？他認識你而你不認識他，也很正常啊！」

「那倒也是……」

Isabelle 對戀愛以外的話題全無興趣，敷衍完我便話鋒一轉：「所以啦，快點睡吧！我要養好皮膚呢！明天 Jimmy 的朋友來帶我們自駕遊，聽說是個帥哥啊！還跟我們同年紀呢，一定很聊得來！呵呵呵呵，晚安啦！」

Isabelle 躲到被窩裡，不一會就傳出呼嚕聲。

我翻來覆去都睡不著，仍在不斷回想著美術館門口的白恤衫男子。

長得像梓穎，喜歡美術，好像認識我——

我的心情怎樣都無法平復，便打開久未使用的社交媒體，逐一窺看中學同學的舊照，看看裡面有沒有藏著那個熟悉的身影。

當然我心裡清楚得很，那怪人最討厭拍照，即使去留學前也死活不肯跟我合照一張。

所以這些年來，即使我把認識的社交媒體帳戶翻爛，都無法找到他的身影。

哪怕只是回憶中的身影。

我的記憶，都是很久很久以前的事了。

時光遙遠到，我都要懷疑究竟一切是不是我的幻想。

然而，今天跟白恤衫男子的偶遇——

那雙眼睛，那副臉容，為甚麼仍令我的心情如此悸動呢？

中三寒假後的初春，一個非常普通的星期五。

我從中學的圖書館借了幾本蕭邦琴譜之後，登上兩層樓梯，拿著從教員室借來的鎖匙打開音樂室的門。

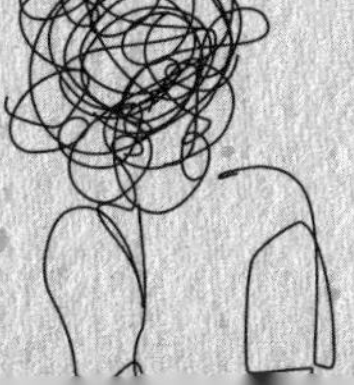

音樂室裡靜悄悄的，陽光從門對面的窗子映照進來，在地上描繪出窗簾的淡影。在巴赫、海頓、貝多芬的肖像畫凝視下，空氣明亮得可以看到微塵飛舞，感覺非常安心。

就只有這個地方，我可以好好地彈琴，不怕吵著鄰居，也不用被媽媽質問我，練琴對考大學有甚麼幫助。

好安靜，好愜意，好快樂。

我把雙手放在琴鍵上，任意飛揚。思維裡只有自己的動作，耳邊只有自己的琴聲。高高低低，快快慢慢，每一節每一拍，我都聽得非常仔細、非常清楚。

正專心享受這難得的時刻，琴音突然被「砰」的一聲打斷，連地板都彷彿震了幾下。我嚇得整個人跳了起來，倉惶地轉身看去，竟見一個髒兮兮的男生正殺氣騰騰地撞開門闖進來。

他的頭髮散亂、衣袖捲起、雙手和身上的圍裙都沾滿了七色顏料。如果不認得他的校服，我會誤會他是個油漆工人。

他一手拍在音樂室的門上，製造出轟然巨響，又張嘴大喊：「喂！都放學了為甚麼還在彈啊？會吵到別人的你知不知道？」

「可是……下課時不能彈的話，上課時會吵到更多人啊。」

顏料怪人生氣了：「是誰讓你自己用音樂室的啊？老師呢？」

「是 Miss Chan 給我用的，我星期一周會要上台彈校歌。有意見你自己跟她說吧。」我撇過頭，回到自己的琴音世界。

「啊啊啊啊啊，吵死人啦——！」

顏料怪人彷彿聽到魔咒，誇張地用沾滿顏料的手胡亂抓著頭髮，又捂住耳朵，怨毒地狠狠瞪我。

發現我不再理他之後，怪人一邊慘叫著一邊氣沖沖地跑出音樂室。過了幾秒，慘叫稍停，隔壁的美術室傳來重重摔門的巨響。

我驚魂未定，確定他走遠才敢鬆一口氣，躡手躡腳走過去關好音樂室的門。

看著本來潔淨的音樂室門上留下了一個髒兮兮的七色血掌印，我心痛得忍不住翻白眼。

討厭！真是個暴躁的怪人——

這是我對梓穎的第一印象。

「喂喂喂，睡公主大人，起床啦！」

睜開眼的時候，眼前是一張熟悉的臉龐。我依著記憶喚出她的名字：「咦？曹美露……？」

「哇！搞甚麼鬼？怎麼突然叫我中文全名？你睡昏頭了嗎？」

我茫然看看四周，才發現自己根本不在中學的音樂室裡。我身處之地是精緻的酒店房，而眼前的 Isabelle 已經畫好了完美的妝容。

對了，升上大學之後，她就堅持只能叫她做 Isabelle，以防那個總令人聯想到「美極鮮露」的中文名再流傳出去。

「抱歉，剛才夢到了中學……對了阿 Belle，你記不記得中學時的——」

「哎呀，一會再說吧！你現在快起床準備啦，Jimmy 的朋友已經到了！是帥哥啊！帥哥啊！」

在 Isabelle 不斷的催促下，我梳頭刷牙再隨便套了件鬆身連衣裙，便急急離開房間。

「快點快點，他們在自助餐廳！」

還真的心急啊。所謂的帥哥，真的有那麼大吸引力嗎？

坐電梯去到餐廳層，Isabelle 整理好背心和包臀裙之後衝出去，而我則打著呵欠慢吞吞地跟在背後。

「Hello, hello! I am Isabelle Cho. Nice to meet you!」

她快步走到窗邊 Jimmy 和朋友所在那一桌，Jimmy 的朋友背對著我們，還看不見樣子。

不過，一聽到 Isabelle 打招呼，他就站起來伸出手：「Hello，我是 Karl Ooi。我父母也是香港人，三歲前都住在香港，所以你跟我說廣東話我覺得更親切啊。」

啊啊，挺有禮貌的嘛，而且站起來還挺高的。

「我是阿瀠，你好……咦？咦咦咦！」

我本想坐下，但跟 Karl Ooi 眼神相遇的一刻，兩人卻同時吃了一驚。

梓穎——

不，不對！這張臉，這個眼神，不就是昨晚那白恤衫男子嗎？

他是 Jimmy 的朋友？而且還是移民來新加坡的香港人？是不是哪裡搞錯了？

Karl 的驚詫只維持了一秒，轉眼就被風度翩翩的微笑取代：「Hello，阿瀠小姐。

兩位小姐都是Jimmy的朋友吧？介不介意我跟你們一起吃早餐？」

他是不是在裝作不認識我？

我正不知如何反應，剛進餐廳的阿暉就跑過來直指Karl：「啊！是你！你個變態竟然跟著我們來到這裡？」

「咦？你們認識？」Jimmy終於察覺到不對勁，來回看著我們三個。

「沒錯啊！昨晚這色狼在美術館對阿瀠拉拉扯扯！要不是我及時趕到的話……」阿暉怒道。

Karl淡定微笑：「真抱歉，昨晚美術館都關門了。燈光太暗，我一時把阿瀠小姐錯認成其他人，多有冒犯。對不起，嚇到你們了。」

「啊啊啊，你們好有緣嘛！Karl也喜歡美術嗎？阿瀠這傢伙是個藝術家呢！大學主修的可是音樂啊！你們應該很合得來吧？明天你們要不要再去美術館逛逛？」Isabelle滿臉笑意。

「等一下等一下！你們的意思是，這色……這位先生也要跟我們同行？」

阿暉反應有點大，Isabelle白他一眼：「一直就這麼說的啊！Jimmy的朋友今天帶我們本地遊，明天再去馬來西亞的Legoland玩嘛。你該不會現在說想改行程吧？」

「說、說是這麼說，但當時我可不知道Jimmy的朋友就是⋯⋯」

「不都說了昨晚是一場誤會嗎？」

Isabelle和阿暉兩個原地吵了起來，Jimmy滿臉無奈，Karl靜靜微笑，而我則乘機緊緊盯住Karl的臉。

酒店餐廳的光線很充足，他的臉比昨晚看起來更像中學時的那個他了。眼睛、鼻子、臉形，全都很像。

但是，現在他又好像完全不認識我的樣子，還說昨晚只是認錯人。

究竟——

「阿瀠小姐？」

Karl突然望向我，我臉刷地一紅，匆匆移開視線。

「有、有甚麼事嗎？」

「我想可能問問你的意見比較好。雖然Jimmy說過想我來幫忙，但行程的主角是你們，我也不想你們不開心。請問，你介意我跟你們同行嗎？」

Karl一說完，在場四人紛紛望向我。

我莫名地緊張起來，連連搖頭：「我、我沒所謂……」

「哎呀，你不要沒所謂嘛！想就想，不想就不想啦！」Isabelle 嬌叱。

「就是，不用顧慮我啦，直說就好。」Jimmy 想拿煙來抽，卻發現這餐廳禁煙，又無奈放低。

「嗯，昨晚的事其實是我不好，沒看路才會撞在 Ooi 先生身上，所以……如果 Ooi 先生不介意的話，我也不想影響到大家的行程……」

「我樂意之至啊。對了，叫我 Karl 就好。Ooi 先生這說法聽起來怪怪的。」

Karl 笑起來，更像我回憶裡梓穎的模樣了。

中學的日子對我來說，總是那麼沉悶，又一成不變。上課、下課、小息、lunch time……單調而重複的時光。

身邊的女同學一天到晚都在看 YouTube、自拍和修圖，最大的樂趣是不被老師發現地偷玩手機。我不知道這有甚麼樂趣可言，正如我也聽過她們悄悄在背後說我是個大悶蛋。

我只喜歡獨自留在放學後的音樂室裡，被琴聲包圍。

每天聽著自己的琴音有所進步，能掌握的曲子越來越多，那種真實感和滿足感，足以洗去一天的倦怠。亦因為有這時候，我才能克服沉悶的學校生活，日復一日地回去上學。

第一次遇見梓穎，是他闖進來音樂室的那天。

那時，我還不知道他叫梓穎，我總叫他：美術室怪人。

我常常在走廊遇見美術室怪人。無論小息、lunch time，每次遇見他的時候，他總是靠在走廊的欄杆上，抬頭遠望。

晴天的時候，他望著白雲；雨天的時候，他望著雨點；他雙眼閃著光，彷彿能看到不存在於我們眼裡的甚麼東西。

每次在他身後經過，雖然明知他看不到背後的我，但我總加快腳步。

我有點怕他又來找我麻煩。另一方面卻很好奇，他怎麼這麼閒，無時無刻都站在走廊裡？

後來我想通了。也許，他從以前就一直站在走廊裡，像日本鬼故事裡的地縛靈。

這樣想想，就覺得更加奇怪。人與人之間的相處，到底是甚麼回事呢？

我們從中一就同校了，這三年裡，我們應該在走廊上無數次擦肩而過，但我們都不曾看到彼此。直到我們正式相遇，我才突然知道，原來在我的附近，一直有一個如此鮮明活現的怪人。

只是我不曾留意。

但不管怎樣，我絕不會因為怕了他，而降低我的琴音。事實上，琴是學校的琴，我根本不會調校。

所以，在音樂室裡，我總會聽到隔壁傳來一些怪聲。

像摔東西的聲音。

像是甚麼抓狂動物的尖叫聲。

每次我都會偷望門口，提防他發狂跑進來。出奇的是，他一直沒有。

直到初夏某天，一個雨後初霽的日子。

那星期，我因為沒有帶傘淋雨感冒，請了三天病假。星期五，我再回到學校。同學裡似乎沒人注意到我請過病假，回到課室當然也沒人問候。放學後，我忍耐著灼熱的喉痛，還是照樣走去音樂室。

離音樂室還有十米時，我停下了腳步。

梓穎，那個美術室怪人，正站在音樂室與美術室的門中間。他背靠在牆上，雙手盤胸，視線越過矮矮的欄杆，遙遙望向天上厚厚的低積雲。

我有點躊躇。如果我視若無睹地走過去開門，那扇門很有機會碰到他。到時，他會不會又來罵我？

於是，我唯有跟隨他的視線望去。可是無論怎麼看，天邊除了雲，明明甚麼都沒有。

「明天又要下雨了。」

身後突然傳來聲音，嚇了我一跳。轉頭看去，他卻只是繼續仰望著天空，伸手指了指：「那裡的雲，很紅吧？」

隨著他手指的方向望去，遠處的雲層被晚霞染成一片粉紅色，落在紫色的天空上。的確很漂亮。但他一直站著動也不動，就為了看這個？

如果想知道明天會不會下雨，看天氣報告不就好了嗎？難道是為了把這景色畫出來？

美術室怪人的心思，真的很難理解啊。

正這樣想著，背後突然又傳來他的聲音：「有科學家研究指出，太寧靜和太吵鬧的環境都令人難以集中精神呢。」

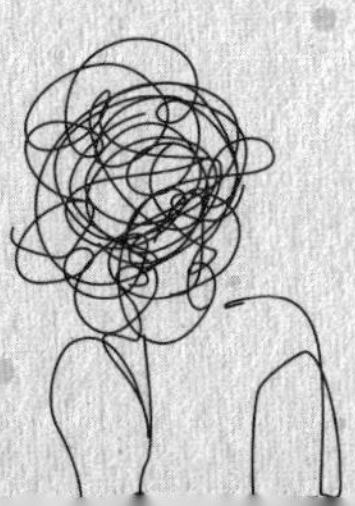

「吓……？」

我望了望他那張毫無表情的臉，完全不懂得給反應。

他繼續凝望著那片紅雲，自言自語地說：「我之前一直不相信，但早幾天，還真是甚麼都畫不出來。噪音也好甚麼也好，習慣真是一樣很麻煩的東西啊。」

說完，他甚至沒看我一眼，轉身打開美術室的門，就自顧自走了進去。

這怪人到底想表達甚麼？是另類恐嚇嗎？

我沒有太把他放在心上，仍繼續在音樂室裡練自己的琴。

不過，因為感冒了幾天的關係，練了一會已經覺得很疲倦，精神無法集中。

我嘆了一口氣，站起來把琴譜收拾好，把琴蓋關上，打算離開音樂室。

當我拉開音樂室的門時，竟覺得門比平時重。我心想，我病得真不輕啊，連開門都不夠力了——

正這樣想著的時候，隨著門的擺動，一把掛在門把上的深藍色長傘，竟凌空劃出了一條曲線。

我有點呆住了。

剛才我進音樂室時，這把傘明明不在的。

抬頭再看看走廊外的天空，不知何時，竟下起雨來。

「他，怎麼會知道我不帶傘的……」

從回憶中回過神來，我已經坐在 Karl 的私家車裡。

這車是五人座，卻並不寬敞。除了司機外，我們男女人數各二，Isabelle 叫我別在後座跟男生擠，乾脆就坐副手席好了。但與其讓我在 Karl 旁邊胡思亂想，我寧願在後座跟阿暉和 Jimmy 擠。

擾攘一番後，我還是拗不過 Isabelle，結果就是坐在副手席上呆望著 Karl 的側臉，思緒卻不斷飄到從前。

Isabelle 在後座，坐在 Jimmy 和一臉不爽的阿暉中間，探出頭來興致勃勃地跟 Karl 聊天：「Karl，你跟 Jimmy 是怎樣認識的啊？」

「Jimmy 父親跟我爸是世交，上次我去香港玩，Uncle 就請 Jimmy 來陪我。他帶

我去了好多地方呢！今次難得你們來，我才有機會報恩啊。」Karl 一邊說一邊望向倒後鏡裡，滿臉笑意。

我在旁邊默默觀察著 Karl，不禁又疑惑起來。他長得確實很像中學時那個美術室怪人，但如果真的是那個他，應該不會跟陌生人聊得這麼歡快吧？而且 Karl 的身高也比梓穎高很多。

不過，梓穎退學那年應該是中五……不，中四。已經六年了，這也可能是成長的結果？

Isabelle 又問：「咦？你來過香港啊？探親？」

「啊，不，就是……」一直從容的 Karl 突然欲言又止，還轉變話題：「說起來有點不好意思，你們有甚麼夢想嗎？」

「有有有！我想做空姐！阿濚應該是想做音樂家吧？」Isabelle 搶答。

聽了 Isabelle 的話，Karl 隨即望向我，正好跟我的目光碰個正著。我連忙尷尬地低頭：「咦？我，沒想那麼遠……先畢業再說吧。」

「Isabelle 說過，你很會彈琴？」

「還、還好。就普通而已……」

「甚麼普通？是演奏級啦！」Isabelle 糾正。

「但在音樂系，誰都演奏級啊。」我反駁。

Karl 笑笑，又把注意力集中在路面上。

「我覺得，音樂家是一個很好的夢想啊。如果你想做音樂家，我一定會給你加油。我每次說想開畫廊，都被爸爸和 Uncle 們笑話呢。」

我全身一震，不禁坐直了身體：「畫廊？你……喜歡畫畫？」

Karl 望望我，笑得有點靦腆：「那個……我其實不懂得畫畫呢。我爸常說，藝術生意本來就難做。可是啊，我覺得自己還是很有鑑賞眼光的嘛。況且，既然要做生意，總得做自己感興趣的吧？所以，我上次去香港，其實是考察能不能在那邊開畫廊。這是不是很幼稚？」

Isabelle 搶著說：「怎麼會怎麼會？很有型呀！阿濚就很喜歡畫畫呢，她房裡掛著一大幅畫，比我還高！如果她發達了，一定瘋狂買畫掛滿自己的房子！阿濚，你說是不是？喂，阿濚？」

我的腦中亂成一團，只能呆呆地盯緊 Karl 的側臉：「我……我……不好意思，我想請問一下，Karl，你……中學時有沒有在香港讀過書？」

「唔？應該……沒有吧？」

這模稜兩可的答案算甚麼？

我本想再追問，他話鋒卻一轉：「好，牛車水唐人街到囉！我們下車邊走邊聊吧！」

我突然有種感覺：他是不是在逃避甚麼？

Karl帶著我們去參觀牛車水唐人街、地區熟食市場和印度廟。不知是性格使然還是為了盡地主之誼，他非常熱情地向我們介紹講解，又帶著我們吃個不停。

而這一切，我都無心細聽。

我的眼神總離不開他的臉龐，腦子拚命反覆思考：究竟他是不是我認識的那個人呢？照背景來看，應該不是吧？

但如果不是，為甚麼他昨晚好像認識我？為甚麼他們長得這麼像？總不會是孖生兄弟失散多年之類的老套橋段吧？如果說是易容或整形，這張臉又沒有帥到那種地步。

我嘗試過分析Karl說話音調的高低、輕重、節拍。平常聽鋼琴聲，我總是一下子就能分出音階。但對於Karl的聲線，我竟越聽越覺得跟記憶中的梓穎一模一樣。

也許，最有欺騙性的，就是記憶本身。

終於等到他們血拼買手信時，我忍不住拉Karl到一旁：「能不能請教你一件事？」

「啊？別這麼客氣嘛，請隨便問。」

「你……昨晚見到我時，對我說『你怎麼來了？』，對吧？」

他明顯愣了愣，但又馬上堆起微笑：「哎？我這麼說了嗎？哈……抱歉，昨晚一時慌亂，認錯人……」

「嗯，我知道。能不能請你告訴我，你把我認錯成誰了呢？」

「咦？這……」他的眼神游離開去。

「那女生是新加坡人？跟我長得很像嗎？」

「這個……唔……哈，說來有點不好意思，我……我也想不太起來啊！他們買完了，我們先去跟他們會合吧！」

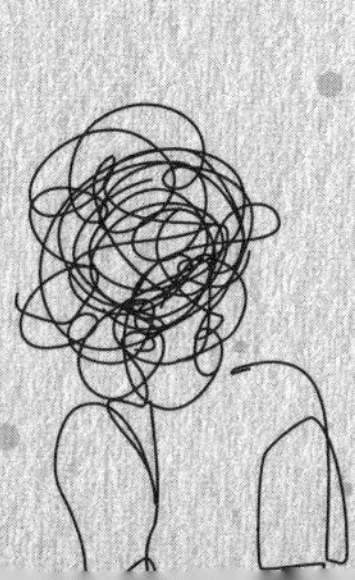

說著，他又溜開了。我越來越覺得，他是有意隱瞞著甚麼。

吃完海南雞飯去洗手間的時候，對著鏡子補妝的 Isabelle 突然笑得狡猾：「阿瀠，Karl 很帥對不對？你都看得目不轉睛的！」

我關掉水喉拿手帕擦擦手：「很帥？還好吧。但你覺不覺得他很像文梓穎？」

「誰？台灣藝人嗎？」

「你啊，文梓穎是你中四時的同班同學啊，畫畫的。那時你還說他很酷的啊！」

「啊啊啊！我想起來了！」她睜大剛補好妝的大眼睛盯住我：「你的初戀情人！油畫小王子！」

我的臉沒來由地發燙：「甚、甚麼初戀情人……就是比較熟的中學同學啊！」

「嘿，心理測驗說，如果你覺得一個人長得像你舊情人，那就是你喜歡他啦！」

「所以說，我們當時沒有——」

「怎樣也好吧！總之你對 Karl 很有興趣，我沒說錯吧？」

「我只想知道他們是不是有甚麼關係啊。」

Isabelle 一臉怪笑：「假如沒有關係，你就沒有興趣嗎？」

「那、那當然啊。」

她笑著撞撞我：「真的嗎？那我可要把他列為 plan E 囉！你可別後悔！」

「咦？那之前的 plan E……」

「那傢伙超過分的！我生日他竟然忘了 book 位，要本小姐去餐廳門口排隊！所以他已經被除名啦。」

畢竟除了 plan E，她還有 plan ABCD，所以她說得毫不在乎。我卻有點在意：「這個，你真的不考慮下阿暉嗎？他對你很好呢，你們又從小一起長大。」

「別說笑了！那傢伙不過是我的小弟啊！你才是好好考慮下 Karl 吧？長得像誰有甚麼所謂？長得帥就夠了！」

離開洗手間回到 Karl 旁邊，她還對我狂打眼色。我只能苦笑。

連唯一有機會認得梓穎的人都這樣，真的沒人能幫我了。

不過 Isabelle 會忘了梓穎也很正常，畢竟美術室怪人不愛與人交往。

況且梓穎中四就去了留學，而我中五時才跟 Isabelle 同班，中六才慢慢熟絡起來。當時她說自己以前讀 4C，我馬上問她認不認識文梓穎，她也想了一會才說：「哦？是不是有點 cool、不愛理人的那個帥哥？」

之後讀大學這幾年認識那麼多男生，她哪裡記得住中四那年一個同班同學呢？

時間接近傍晚，邊玩邊吃了一整天，大家都不餓，Karl 便說先帶我們去 Marina Bay Sands 的賭場玩一會。

Jimmy 和 Isabelle 都很興奮，我雖然不想打擾他們的興致，但也忍不住說：「賭場太吵了，你們進去玩吧，我在外邊坐著等。」

「阿灤小姐不喜歡賭場？那我帶你去海邊廣場坐坐吧？還有音樂表演可以看呢。」

Karl 剛說完，阿暉馬上跑過來：「那我也跟著你們去！」

「你回來！你可是我的運財童子啦！不許跑！」Isabelle 抓住阿暉。

「咦?但、但是……阿 Belle 啊!」

Isabelle 把阿暉扯走,直走進賭場入口,還回頭向我打眼色。我心裡只想說,真的不是那回事啦。

「你們感情很好呢。」Karl 微笑。

「還好吧,阿 Belle 跟阿暉家就住在附近,青梅竹馬呢,感情一直很好。而我跟阿 Belle 就在中學時認識,讀大學也一直在一起。」

「真好呢,我也想有這種朋友。」

我偷望 Karl 的側臉,猶豫良久,還是再次追問:「請問……你一直都在新加坡長大嗎?」

「唔……是吧。」

他悄悄別過臉,避開了我的眼神:「阿濚小姐,你——」

「叫我阿濚就可以了。」

「嗯,濚。」

聽到他的叫法,我心臟怦然一跳。

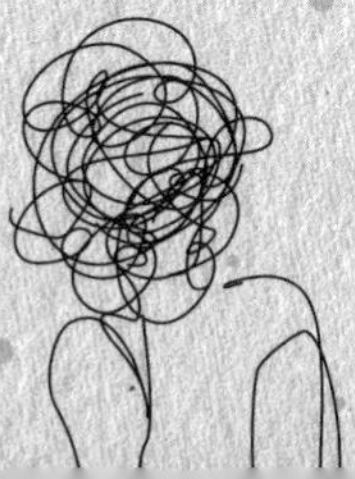

——這叫法也太像了。

真的，只是巧合嗎？

Karl望著我，眼神彷彿把我拆穿：「你對我中學時的事很感興趣呢。」

「呃……我覺得，中學這階段，是構成一個人的關鍵吧。」

「哦，思考得很深入呢。那麼，你中學時，是一個怎樣的人？」

他望向我的目光，彷彿藏著甚麼深意。

「我……就很普通啊，非常不起眼……沒甚麼特別的……」

這時我們已穿過商場走到海邊廣場，那裡沿著彎彎的海岸線搭起了一層層木階梯，像一個開闊的劇場。噴水魚尾獅像就在港灣對面，華燈初上，海天遼闊。

Karl伸出手扶我坐下，碰到他溫暖掌心的一刻，我的心臟抖了一下。

梓穎的手，也是這樣的溫度嗎？

「瀠。」

溫柔的聲音又在耳邊響起，我揚起眼仰望身邊的Karl。

一陣微風吹起他的頭髮，我看著那個側臉，竟似回到六年前的美術室裡。梓穎畫畫的時候，我總是從這個角度偷看他的側臉。

心跳莫名地快了起來。

眼前的他微微一笑：「那麼，繼續剛才的話題吧。中學時的你再普通，總會遇過一些特別的人吧？」

我不禁困惑。Karl 這種問法，已經超出了閒聊的地步。簡直就像——

要跟我相認一樣。

我凝望著他的臉，他卻始終保持著禮貌而有距離感的微笑，無法解讀。

「你，也對我中學時的事很感興趣呢。」

他的神色閃過一絲尷尬：「啊？唔，因為……我也同意你說的，中學時期對一個人很重要。啊！表演開始了，我們還是先看表演吧。私心推介，比賭場更有趣啊。」

我的疑問又一次落空。我越來越確定，他正在刻意迴避。

如果他不是梓穎，為甚麼要這樣逃？

但如果他是，又為甚麼要裝不認識？

我心中千頭萬緒，紛擾不堪。此時，蕭邦《夜曲》風格的鋼琴音樂悠悠傳來，打

斷了我的思路。

表演開始了。

海面上噴出幾道水柱，水柱漸漸形成三面水牆，紅紅黃黃的燈影，直接投射到那三面水牆上，像一套在水中播放的電影。

在音樂的帶動下，我的思緒完全被表演吸引住。

人影舞動，變幻，訴說著生命的故事。

幸運地誕生，努力地長大。然後在偶然交織之下，飄泊的生命終有一天，找到值得追求的理想。

於是，他努力地，去追逐那個夢。

於是，他遙遙的背影，向著遠方跑去。

看著水裡投影的小男孩背影，我莫名地鼻酸起來。

如果拒絕回答就是他的答案，我還一直追問，不是太惹人嫌了嗎？

其實我明白的。

十六歲那年就已經明白。

即使我是一個沒有甚麼目標的人，但換了我是他，我也會朝著夢想，不顧一切地飛奔。而旁人如我，根本沒有資格去留住他、阻止他。

所以，我就這樣被他遺留在回憶裡，像一套丟在房間角落裡塵封的舊影片。

他，早就已經忘記我了。就算記得，也不打算相認——

這就是他的答案。

身邊的人是 Karl 也好梓穎也好，都沒有分別。

我只能一動不動地瞪著水幕，不讓他發現我的雙眼發紅。

那些美術室的午後、陽光、油彩……都是很久很久以前的事了。

然而，為甚麼我一閉上眼，卻又能聞到美術室那令人懷念的氣味？

悅耳的音樂和華麗的燈光效果正勾起我的回憶，廣場兩邊同時飄起大量肥皂泡，佈滿整個廣場的上空。

就像個一碰就會破碎的夢。

正當我傷感的時候，Karl 突然回過頭來，在漫天的氣泡中凝視著我：「瀠，抱歉呢……」

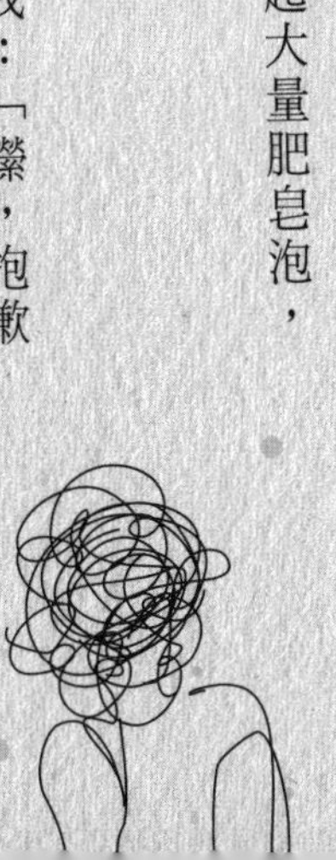

「咦？甚、甚麼？」

「你……應該覺得我很煩吧？一直追問你中學時的事……」他的眼神帶幾分尷尬，又有幾分歉意。

「不……是、是我先問起你的。抱歉呢，煩了你一整天。」

「沒有這樣的事。其實我一直想好好跟你說的，只是、只是——」

他的聲音戛然而止，神色既猶豫又難堪。

我等了許久，他都沒有把話說下去。

氣氛太僵了，我唯有打圓場：「沒、沒關係。不想說可以不用說啊，我只是好奇一問而已。所以……」

「不……我……」

他抬眼望向我，眼神透著痛苦：「你……是不是覺得自己認識我？」

——噗通！

他的神態令我很緊張，不及細想就點頭：「嗯……」

他深深吸了一口氣：「其實我……我……我是……」

才說了幾句字，他又抿著嘴說不下去。

雖然我猜不到甚麼事這麼難開口，但也不想再勉強他：「沒關係，不用勉強去說也——」

「不。我……我認識你，我……一看到你就認得你了。你……」他的話到這裡，又打住。

四目交投，我能看到他眼裡的掙扎和難過。

彷彿過了整個世紀那麼久，他終於把視線集中在我臉上，深深、深深地呼一口氣：「我……我覺得自己是認識你的……但我……抱歉，我真的想不起來……」

「甚、甚麼？」

我抑壓著心跳，只聽他繼續說：「因為我……我沒有十八歲之前的記憶。但一見到你，我心裡就有種異樣的感覺。所以，我的意思是，我想問問你——」

他接下來的話，我全都沒聽見。

只有那句話，不斷地迴盪。

沒有十八歲之前的記憶……

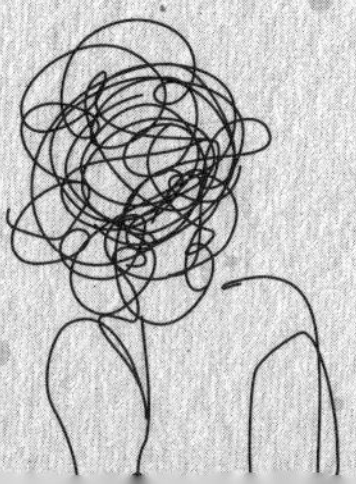

沒有十八歲之前的記憶……

沒有十八歲之前的記憶——

我身邊的世界突然靜止了。

音樂、水牆、投影、肥皂泡……全都消失不見了。遺下的，只有我和他。

既像是梓穎又像是 Karl 的他，正凝望著遠方的天邊。無論我怎麼看、怎麼努力，都分不出他到底是梓穎還是 Karl。

在他的身後，一道黃光有如美術室放學後的陽光，斜斜照在他的髮際。

他突然回過頭來，深深地凝視著我：**「潔，請你不要忘記我——好嗎？」**

我，一直都沒有忘記啊……

梓穎，我明明，一直都記得啊。

但為甚麼……

為甚麼……

漫天的肥皂泡在我和 Karl 之間飄落，卻又在碰觸到他的頭髮、鼻子、肩膀之後，無聲破碎。

這麼浪漫的環境，連在我眼前的人，都變得似是而非，像個幻影一樣。

看著他那張臉，多年來靜靜地藏在我心裡某一角的回憶，紛紛在我眼前閃過，又紛紛粉碎。

梓穎以前說，記憶是由精靈控制的。如果是這樣的話，記憶精靈肯定正用過去的回憶去折磨我，強迫我深陷在已經逝去的幻象裡，看不清眼前的真實。

所以我才會，無法從 Karl 的臉上移開視線。

梓穎的聲音還在我耳邊迴盪，看著 Karl 那張認真的臉，我只覺得由咽喉到鼻腔都在發熱。

「就是……想問問你，我以前……咦？」

Karl 察覺到我的異樣，向我伸出手來：「濴？沒事吧？」

「抱歉，我有點不舒服……我……」

我後退兩步避開他的手，輕輕搖頭。

沒想到一晃身，淚水竟從眼眶裡跌出來，失控地滾滾而下。我想伸手接住，眼淚卻在轉瞬之間攻陷掌心。

真奇怪，我為甚麼哭了？

Karl慌了手腳，連忙找出紙巾遞給我：「對、對不起！瀠，嚇到你了……啊，我真是的，突然說那些廢話幹甚麼……」

「你真的……真的失憶了？十八歲之前的……」話說出口，才發現自己聲音嘶啞。

Karl呆呆地望住我，動作遲緩地點了點頭。

咔嘞——

我的世界，彷彿隨著他這動作而旋轉、碎裂、逐片逐片崩塌。

耳邊，不斷響起虛無縹緲的聲音。

瀠，請你不要忘記我……

不要忘記我……

不要忘記——

回過神來，我已經甩下Karl，獨自跑上坐滿遊客的木階梯，一直往馬路直奔而去。邊跑，眼淚邊掉到地上。

不可能的……怎麼可能會這樣……

我完全無法面對這事實。

**「……我覺得自己是認識你的……但我……抱歉，我真的想不起來……」**

**「……我沒有十八歲之前的記憶……」**

梓穎離開香港那年是十六歲，而Karl在十八歲失憶——也就是說，有可能Karl不光是長得像梓穎，而是，他根本就是梓穎。

可是，即使他真的是梓穎，那又怎樣？

他，根本不記得我。

他，不知道我們經歷過的一切。

他，甚至不會畫畫，不懂得為《天使的微笑》畫上一張笑臉……

記得我的梓穎，送了一張畫給我的梓穎，在美術室和音樂室陪我度過不少時光的梓穎，無數無數次在我記憶中佔據著重要位置的梓穎，已經不存在了。

哪裡都不存在了。

中三升中四的暑假，我差不多每天都會回學校。

大熱天的走在前往學校的斜坡上，白色的校服裙緊緊黏在身上，有一種透不過氣來的感覺。可是，我沒有辦法不去。

自從得知我在學校音樂室練琴之後，媽媽說客廳太擠，急不及待地把家裡的琴賣掉。而我並不是天才，一天兩天不練，手指已經硬得像根蘿蔔。而且，音樂室還有冷氣，怎麼說都比留在家裡好過多了。

然後我發現，學校有點古怪。練琴時，我總是聽到怪聲。

我無法分辨那些到底是刮東西的聲音、或是碰撞聲、或是拖拉聲，總之，久不久就會有輕微的怪聲傳來，分散我的注意力。那時，我根本猜不到有人會像我這麼傻，暑假還天天去學校。所以，當聽到怪聲時，我竟嚇得全身起雞皮。

我把琴音稍停，轉頭望向窗外，陽光普照得可以把人曬成人乾。這樣的大白天，鬼也好，吸血殭屍也罷，都肯定只能升天了吧？而且，不是說拖椅子和彈波子的聲音其實都只是水泥發出的嗎？現在我聽到的，應該也只是那種聲音吧？

過了一星期，我已漸漸習慣了那些怪聲。直到有一天，我彈琴彈到一半時，窗外下起夏天特有的大驟雨。天色一下子暗如黑夜，大風吹得學校那些老舊的玻璃窗吱吱作響。

音樂室裡，不知用了幾年的桌板椅子、窗邊的木架，還有鎖起來的電視櫃，全部像會跑出鬼魅似的幽暗。

我覺得有點害怕，但因為沒帶雨傘，也不可能就這樣回家。沒辦法之下，我唯有把音樂室全部電燈亮起，再坐在琴椅上用力地按下每一顆琴鍵，幫自己壯膽。

彈了幾首蕭邦曲，心情漸漸平復。就這樣一直彈，彈到停雨時再回家好了。這樣想著，我便學那些在網上看過的演奏名家那樣，閉上眼睛一臉陶醉地按著琴鍵。沒想到就在這靜謐的瞬間——

「砰！」

猶如旱雷般的巨響，突然在音樂室裡引爆。

因為正凝神傾聽的關係，這響聲在我腦中，被放大了兩三倍。我嚇得不輕，按著白鍵整個人跳了起來，還下意識地尖叫：「呀啊啊啊啊——！」

女生尖叫往往不只因為害怕，更是以為自己叫得夠大聲，就聽不到四周可怕的聲音，甚至可以把鬼怪嚇退。然而，儘管我喊破喉嚨，卻還是依稀聽到一絲微妙的和音：「殊——！」

我頸後的汗毛都豎起了，勉強把眼睛撐開一條縫想找地方躲，然後我看到音樂室的門不知何時被打開了。以灰黑的傾盆大雨為背景，那個美術室怪人正站在門前，把手指貼在唇上，努力地「殊」著我。

一下子，我的驚慌全變成了憤怒。

我深深吸一口氣，努力平復著急速的心跳，轉頭對準他大喊：「你……你在幹甚麼啊？想嚇死人嗎？」

他卻不答我的話，只是用那雙淺啡色的眼珠絲毫不差地直視著我，一步一步向我逼近。那滿身顏料的模樣實在有點像瘋狂科學家，我嚇得連連後退：「你……你想怎樣……？」

我一直退，一直退，後腳跟很快就碰到牆上的紙皮石。夾雨的冷風從窗縫吹到我的後頸，我下意識地縮起脖子。

音樂室在學校的四樓，我已經退無可退了。而且，暑假時本來就沒幾個人會來學校，加上今天這麼大雨，就算慘叫應該也沒人聽得到。這一刻，我真的有點後悔為甚麼自己學的是彈琴，而不是跆拳道或者泰拳。

正不知該怎麼辦時，美術室怪人突然伸手抓住我的肩膀：「當我拜託你吧……」

「唔——」他反應敏捷地用染滿顏料的手捂住我的嘴：「求你了，你彈些恐怖一點的曲子可以嗎？拜託啦！」

鼻尖傳來顏料獨特的膠味，我不敢張開嘴，只能把眼睛瞪得斗大，驚奇地盯住他。大概是覺得我不會再亂叫吧，他緩緩放開手，一臉誠懇地望著我：「拜託了，就這樣說定了！」說完，轉身就想走。

我莫名其妙受了這麼多驚嚇，氣在頭上，連忙追上去：「喂，你……你算甚麼回事啊！我彈些甚麼跟你有關係嗎？你憑甚麼來管？」

他回過頭來，苦著一張臉：「你就看在我上次把傘借給你的份上……」

他那張很委屈的臉，跟平常那又酷又不搭理人的形象，簡直大異其趣。我努力忍笑，扭曲著臉皺著眉：「甚麼嘛，那把傘我又沒有用，當時馬上就掛在美術室門把還給你了啊。」

「唉，真是……那沒辦法了。」

他嘆了一口氣，也不多話，幾步就走到我的面前。我把手放在身前準備防禦，沒想到他卻一把抓住我的手腕，拉著我往前走。

我使勁掙扎：「幹甚麼啊你！想帶我去哪裡啊？喂！放手啊！」

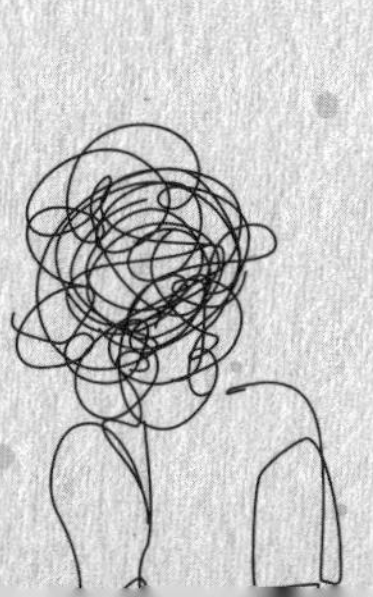

當然，徒勞無功。

我從來不知道，一個學美術的人，握力原來可以這麼大。也許，他身為美術室怪人，本來就不可以與普通學生相提並論。他拉著我的手腕飛快地衝出了音樂室，在被雨水打濕的走廊上調了頭，打開美術室的門就把我扔了進去。

我站定身體，警戒地環顧四周。我們學校規定，所有學生在中一至中二時都必須上美術課。因此，這美術室我並不陌生。不過，跟隔壁的音樂室相比，美術室這不光充斥著複雜的氣味，而且更有一種奇妙的昏暗感。

黑板前方由兩張大桌子拼成L形教師桌，左邊一個木架堆滿了各種各樣的顏料，連地上都堆著好幾包用途不明的調色粉；右邊則有一個比人還高的多層鐵架，每層都擺著一張跟傳統報紙差不多大的二開畫紙，全是待乾的學生作品。

另外三面牆都做了矮木櫃，櫃裡依然是各式各樣古怪的東西，像是陶瓷、雕塑、板畫、木刻……還有林林總總我叫不出名堂的東西。而矮木櫃的上方，當然也有壁報，上面貼著很多素描和繪畫，還有一些剪貼設計……

我覺得這樣已經夠擠了，可是為了方便學生製造各種作品，美術室的中間還擺著一排排寬大的長桌。而在長桌後方，窗邊的位置，還立著一個又一個跟我差不多高的畫架，把窗外的光線擋住。

中一時，我貪玩試用這些畫架，結果被視美術室的一切為神聖不可侵犯的 Mrs Lam 罰站了兩個小息。大概是由這時開始，我對美術室就沒甚麼好感。現在，這些畫架仍然佇立在原有位置上，不同的是，在中間一個畫架的上面擺著一張畫。

那是我第一次看見梓穎畫到一半的畫。

它被擺在畫架上，靠著窗子背光而立，傲然地俯視美術室裡的一切，彷彿有它自己的生命。畫大概仍在草稿階段，塗滿了一塊又一塊的顏料，但畫的到底是甚麼，我根本看不出來。

他走到那畫架前方，指著畫布：「你猜這是甚麼？」

我再仔細看了看那畫布，然而再怎麼看，都只覺得雜亂無章。我唯有搖搖頭：「看不出來。」

他搔搔頭，一臉苦惱：「果然是這樣嗎……」

我再也按捺不住：「那個……那張畫是甚麼，跟我有關係嗎？」

在昏暗的美術室中，他轉過頭來盯著我，眼中彷彿閃著寒光：「當然呀！」

我不由自主地後退了半步，他卻指了指放在長桌上的另外幾張畫布：「你自己去看。」

遠遠望去，桌上那幾張畫布色彩繽紛，顏料填滿了每一個角落，應該算是半完成作品吧？我大著膽子走到他那邊，從他的角度去看那幾張畫。然後，我嚇了一跳。

墓地，墳場，石碑——那幾張畫布上，畫的全是這些東西。雖然每張的細節都有點不同，可是，誰都可以看得出來，這是一系列的墳墓畫。

「好恐怖啊……」我後退了一步，卻正正撞到了他的身上。還以為他會發難，沒想到，他卻一把推開我：「甚麼恐怖呀？」

他倏然跑去指著那幾張畫布，手指在上面戳來戳去：「你看這裡？有蝴蝶飛！還有這裡？綠草如茵！這算甚麼回事啊？可愛的殭屍之家門前寫生嗎？」

「我聽不懂你說甚麼啊……」

他嘆了一口氣，手一按便坐到了桌上。

「啊，不可以坐檯——」

「管它呢！現在既沒有老師，也沒有風紀！」

我唯有閉嘴，只聽他忿忿不平地說：「這個暑假啊，我一定要完成這張作品。Mrs Lam說，如果我畫得好，就推薦我代表學校去參加比賽呢！我早就想好了！題目叫《擠擁》，就畫那些擠得放不下的墓地，去表達那種在世時汲汲營營，死後也不過是被塞在那裡的生死觀，要有一種恐怖、蒼涼的感覺……」說到這裡，他一掌拍在畫布上，瞪了我一眼：「我明明早就準備好了，結果呢！」

「這……這……這是你的畫啊。你自己畫的，關我甚麼事？」

「當然大有關係啊！難道你不知道嗎？創作啊，最受心情影響了！尤其是畫畫，本來就是在空白的畫布上無中生有。你啊，每天就在隔壁彈那些軟綿綿的東西，那些聽起來就很夢幻的東西，實在很影響人啊！我聽著聽著，差點就用粉紅色在墳墓上畫條彩虹了！」

我再望望桌上的畫布，雖然畫的是墓地，卻是色彩亮麗，用上一些淺藍、粉橙之類的顏色，的確有點夢幻的感覺。沒錯，最近我的確在練一些浪漫派時期的樂曲。沒想到我的琴音居然會影響到隔壁的美術室怪人，太不可思議了吧？

「所以，當我求你吧。你就彈一些詭異、恐怖、奇情一點的樂曲吧！」

「就算你這麼說……甚麼曲子才叫做詭異、恐怖、奇情啊？」

他敲了敲額角，突然靈光一閃似的說：「啊！那個怎樣？貝多芬的那個……」

「那個？」

「登登登凳！登登登鄧！那個！」

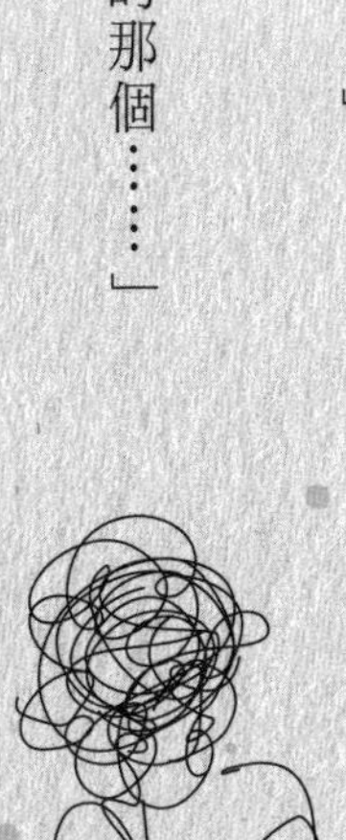

我聽著他走調的歌聲，努力忍著笑：「你……你是指貝多芬的《第五交響曲》？《命運》？」

「對對對！就那個吧！雖然不夠恐怖，但激昂的感覺也比那些軟綿綿的東西好啊。」

「就算你這麼說，交響曲是要管弦樂團合奏的吧？我怎麼彈得出那種氣勢啊？」

他搔了搔頭，把頭髮弄成後現代鳥巢的模樣：「那、那……我也不知道啦！鋼琴是你的 profession 吧？你好好想辦法啦！」

我沒他好氣：「我又不是餐廳裡幫人彈琴的，沒必要讓你點歌吧？算了，反正我不回來學校練琴就好，那就不會吵到你呀！」

正想離開美術室，他又敏捷地拉住我的手腕：「那可不行。我上次就跟你說過吧，習慣是很可怕的東西呀！現在你不彈，我肯定更畫不出來啦。你想想啊，我這是代表學校去參賽的呢。你怎麼忍心讓學校就這樣輸掉啊？」

我用力甩掉他的手：「誰管你啊？你自己想辦法吧！」

丟下這句話，我逃出了美術室。回到音樂室把東西收拾好，鎖上門，冒著大雨跑回家裡。到家之後，我把書包裡的東西全都倒出來鋪在地上攤乾，然後去洗了個熱水澡。

洗澡的時候，腦中不期然想著剛才的事。想著那昏暗的美術室，想著他畫的那些墓地畫，想著他說，我不彈琴他就畫不出來。

然後，不知為何，我突然翻起家裡的舊琴譜來。說到底，我大概是一個很心軟的人吧。

當時，我拿著幾本不常彈的琴譜，心想：「我只是看看琴譜而已，又不代表甚麼！明天，我可不一定去學校呢！」

但是，第二天起床在家裡吃完飯後，便覺得無所事事，渾身不舒服。

他說得對。習慣真是一樣很可怕的東西。

結果，我拿著昨天找出來的幾本琴譜回到音樂室裡，又再坐在三角琴前練琴。那時我在彈的，好像是某些電視劇的插曲吧。彈了沒幾分鐘，音樂室的門又突然被撞開。美術室怪人闖進來，雙眼都在發光：「這首好啊！就彈這個吧！有了這個伴奏，我肯定很快可以畫好！」

我白他一眼，心想：「你當自己是誰啊？為甚麼我非得給你伴奏不可？」

臉上，卻不自覺地泛起了微笑。

昨天的暴雨早已下完了。這一天的天氣晴朗，高溫三十三度。也許因為天氣太熱吧，他的臉有點紅。

他用沾滿顏料的圍裙擦擦手，然後，向我伸出手來：「4C班的，梓穎。」

我不由自主地停下動作，雙手離開琴鍵，略一猶豫，還是伸出手去：「4A的，阿灤。」

那是我第一次碰到他的手。

他的手指相當粗糙、指紋很深。後來我才知道，那是因為經常接觸顏料、松節油等化學品的關係。

儘管如此，那雙手在我心中留下的印象，卻是無比的溫熱。只是輕輕握著，已經可以感覺到非常、非常溫暖安心的，一雙手。

回到酒店之後，我一直泡在浴缸裡。

淚水融入浴缸的溫水中，自然會消失不見，多方便。

「阿瀠，你在嗎？Karl 說你不舒服先走了呢。我們都沒心情去吃飯，先回來看你。」

浴室外傳來 Isabelle 的敲門聲，我清清喉嚨，答應了一聲。

誰知，她更緊張了：「你還好吧？聲音都變了啊？有沒有受傷？」

看她那麼擔心，我唯有先出來。

她望望我的臉，憂心忡忡：「發生甚麼事了嗎？你眼睛都腫了……Karl 那混蛋欺負你？」

我搖搖頭，實在不知該怎麼說明。

但她卻不放過我，還是再三追問，我唯有低聲說：「他……Karl Ooi……沒有十八歲之前的記憶……」

「甚、甚麼？」Isabelle 一臉不解地眨眨眼：「你們……怎麼說起這種……不，那個，就因為這樣，所以你就逃回來了？啊，我懂了！」

她不等我回應，又說：「你的意思是，他就是你的初戀情人本體？但失憶了？甚麼鬼！十年前的韓劇嗎？」

她面容扭曲，我苦笑。

她又追問：「你的初戀情人不是在法國嗎？」

「梓穎……他十六歲那年去了留學。剛走的時候還寄過明信片來，慢慢就，失了聯絡。」

「然後失憶？然後又在新加坡遇上你？這……這種事也太……」Isabelle 驚訝地張大嘴。

「他是說，覺得自己認識我，但因為失憶了，所以記不起來……」我深深地嘆氣：「我也覺得不可能呢……梓穎留學的地方明明是法國啊……但是，我最後一次收到明信片是四年前，那時的確是十八歲……唉，我也不知道……」

Isabelle 抱住我：「不如先別管這個 Karl 吧？明天叫他不要來了，我們回到香港再算。」

Isabelle 這麼說，我心臟緊緊收縮了一下。

就此告別嗎？

就像當年，跟梓穎告別一樣？

我胸腔深處不知為何有點痛。

「不，唔……我、我先想想好了。」

Isabelle 輕拍我的頭：「總之，我們就按你的意思來。」

然後她說著會帶宵夜給我，便離開了房間。

我半躺在床上，努力整理著這兩天發生的事。

**「……但一見到你，我心裡就有種異樣的感覺……」**

——我想，我懂得這種感覺。

思緒，不受控制地反覆飄向從前。

鋼琴音、掌印、畫筆、長傘、暴雨、斜陽……眼前新加坡的酒店房間慢慢地、逐少地，溶解崩塌。一切碎裂扭曲，重組成他在中學的陽光中，凝視我的笑臉。

我的心跳，唐突地加速。

已經忘了我也好，失去記憶也好，即使變成另一個人也好——

我，還是很想再見他。

即使，只有一面也好。

好想，再見他。

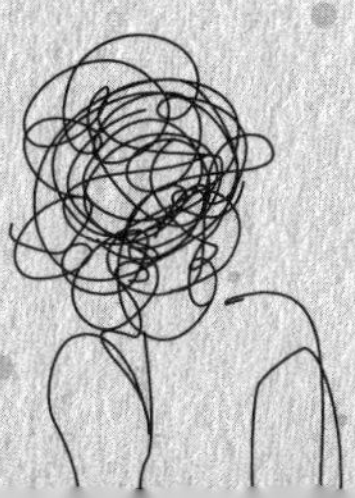

# 記憶的精靈 為你起舞

# ❷ 記憶的精靈為你起舞

「你有沒有想過，人的記憶，到底是甚麼回事呢？」

中四夏末某天放學後，他邊在畫架前揮動著畫筆，邊漫不經心地說。

我實在跟不上他的跳躍式思維，只能放低手上那本樂理書，望著他：「甚麼？記憶？」

「是啊……記憶是從哪裡來的呢？」

我越來越不懂得他在說甚麼，只有用常識回答：「不就是大腦裡的電波嗎？大腦記下視覺、聽覺，然後在需要的時候，這電波就會模擬當時的情況，變成我們的記憶。」

「可是啊，你不覺得很奇怪嗎？有些東西，我們不會記得；有些東西，卻記得很清楚。如果大腦的作用那麼強，應該全部都記得吧？」

「嗯，這個啊，應該是跟情緒有關吧？我覺得啊，非常開心、非常痛苦之類的事，才會特別難忘呢。」

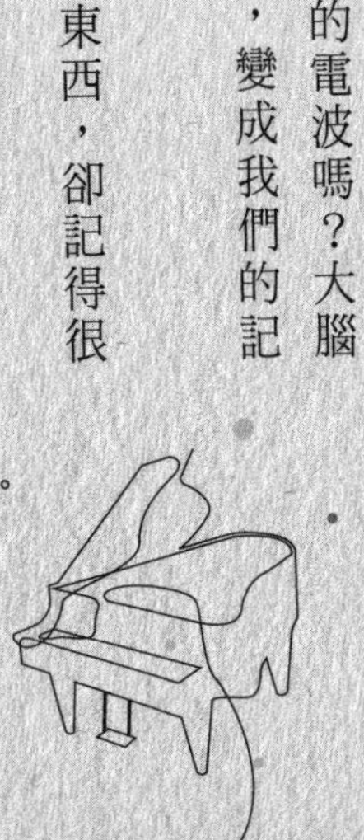

他從畫架後面探出頭來，滿有智慧地一笑：「是吧？要牽動情緒的事情，才會有深刻記憶啊。所以你有沒有想過，其實關鍵不是大腦，而是心？」

「心？」

「對，控制記憶的是心。」

沒有修讀生物的我，開始有點相信他的話：「是這樣？」

「你有沒有在報紙看過那些奇怪案例？好像說，有些心臟病人進行換心手術之後，性情會大變啊。」

「那會變成甚麼樣子啊？」

「我也記不太清楚，大概是，本來不喝可樂的人，突然變得非常愛喝可樂，每天起碼喝一罐。還有就是，本來是文靜的女孩，突然變得很喜歡運動或是rock music！」

我窺探一下他正在畫的那幅畫，鮮明斑斕的顏色、不明確的線條，有點印象派的味道。

我對繪畫認識不深，實在看不出那張有點像風景畫的東西跟這個記憶的話題有甚麼關係。

於是，我只得順著他的思路想了想，又說：「可是，那也只是一些喜好的改變吧？喜好、習慣……跟記憶關係好像不大啊？」

他頓了一會，突然笑逐顏開：「啊！又或者不是心，而是……嗯！可能會有甚麼記憶精靈吧？專門負責掌管人的記憶，幫每個人留下幾份紀錄。但是啊，每個精靈的能力不同，每個人被紀錄下來的記憶也不同。所以呢，同一件事，總會有人記得，有人不記得。對了！孟德拉效應就是這樣來的！」

他說得興起，拿著畫筆在臉旁揮了又揮。橙色的顏料沾到了他的頭髮上，他卻毫不在意。

這麼齷齪的模樣，如果讓那些崇拜他的低年級生看見，肯定大失所望。

我啼笑皆非：「竟然扯到孟德拉效應，也太厲害了吧。那麼，你又怎麼解釋失憶？」

他皺著眉，一臉遺憾：「那肯定是記憶精靈死了啦！精靈死了，人的記憶也會跟著消失……唉，太可憐了！」

我再也忍不住，看著他髒兮兮的臉和誇張的表情，哈哈大笑起來。

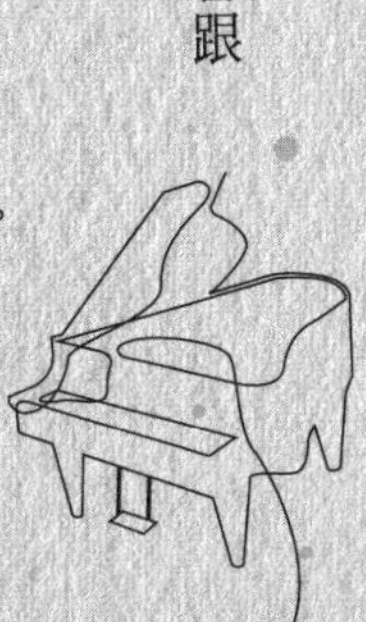

我在半夢半醒之間做了一堆亂七八糟的夢。

夢裡，有個男生乘著畫筆起飛，我在地面上送行。男生卻搞錯了航線，由法國轉飛到新加坡。我聯絡不上他，所以他的記憶中斷了，忘光了從前。

後來，我在大海裡找到了他，用記憶之魔法棒點亮了他從前的記憶。然後他大筆一揮，畫出了一代名畫，之後對著我這個記憶精靈笑語：「看！我回來了！我100%恢復了！」

我強忍著眼淚，努力微笑：「回來了就好……回來了，就好……」

只要你能回來——

「喂！阿灤，到Legoland啦，快醒醒。」

聽到Isabelle的聲音，我慢慢轉醒過來，才發現自己正在Karl那有點擠的私家車裡。是嗎？原來我還在新加坡旅行的事，並不是夢啊……

看我一臉沒睡醒的迷糊樣，坐在旁邊的阿暉笑問：「你做甚麼好夢了嗎？睡著的時候也在笑呢。」

「咦？大概是……記憶精靈的夢吧。」

「啊？那是甚麼？卡通人物？」阿暉不明所以，反倒是坐在駕駛席的 Karl 從倒後鏡對著我一笑。

噗通。

他……難道聽得懂我說的記憶精靈是甚麼？

走進 Legoland 之後，Isabelle 把我拉到一旁：「機會來了！待會我抓兩個男生去玩機動遊戲，你就好好盤問 Karl！」

「但我還沒想通，究竟要怎樣盤問一個失憶的人啊？」

她異常認真：「失憶又不是不治之症，如果他是你生命中的一部分，你事到如今還忘不掉他；那麼，他就能輕易忘卻你嗎？想都不可能啊！所以，你就說些往事啊關鍵字啊，把他封閉的記憶喚醒過來，不就好了嗎？」

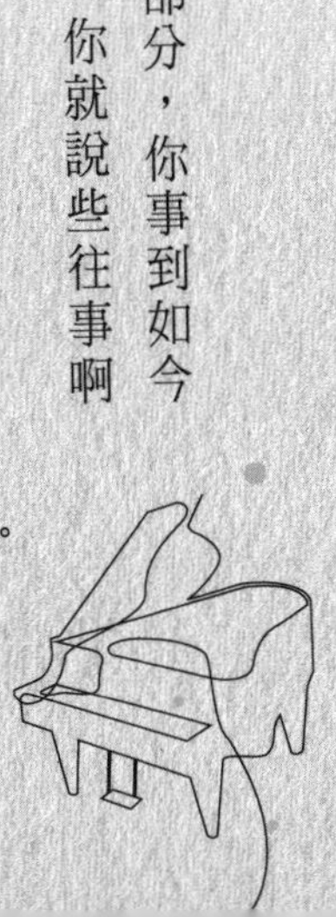

「這……是從電視劇看來的方法？」

「總之，要相信！真愛可以引發奇蹟的！」

Isabelle 說了幾聲加油，然後就找阿暉和 Jimmy 去玩機動遊戲。

「咦？等一下！又讓阿灤跟那色……Karl 獨處？不怕像昨天一樣出事嗎？」阿暉腦筋倒很清醒。

「就是因為阿灤不舒服，才不想玩機動遊戲啊！你別多囉嗦啦，快去排隊！」Isabelle 氣勢如虹，以一股想把 Legoland 翻轉的氣勢扯著阿暉就走，臨行前不忘回頭說：「Karl，那弱質少女交給你照顧啦！你們好好相處！一會見！」

我跟 Karl 向著他們揮手，只覺得他們跑遠之後，連空氣都沉重起來。

「他們很高興呢，太好了。」Karl 微笑。

「嗯，是啊……」

他貌甚尷尬地望了我幾眼：「那個……昨天，我嚇到你了。對不起。」

「不，我突然跑掉應該嚇壞你才對……抱歉呢。」

「嗯，昨天的事就……總之，今天看你沒甚麼大礙，我就放心了。你想玩甚麼？我都會陪你去，當賠罪。」

從樹蔭之間漏下來的陽光照在他臉上時，映得他的笑容無比溫柔。不得不說，當陽光把他的側臉繪出金光時，真的跟梓穎好像。五官配搭得恰如其分，挺直的鼻子配上鵝蛋臉，還有深邃的雙眼……

他發現了我的視線，對著我大方地笑笑。

我臉一紅，匆匆低下頭。

這麼成熟穩重，應該不可能是梓穎吧？

我們在Legoland隨意散步，但我卻完全無法投入到歡樂的環境裡，視線只一直在他臉上徘徊。

也許實在看得太不客氣了，他尷尬地摸摸臉頰：「請問，我臉上沾了雀屎嗎？」

「沒、沒有！抱歉，只是……我只是覺得，你跟我認識的那個人，真的……長得很像。」

他沉默了好一會：「那、你認識的那位，是一個甚麼樣的人？」

「怪人。」一說起梓穎，我就忍不住笑了：「他啊，一缺靈感就亂搔頭，把頭髮都弄成鳥巢一樣，連顏料弄到臉上和頭上都不知道。」

彷彿空氣一下子變得輕盈，Karl也跟著輕笑：「他真有個性呢。對比之下，我實

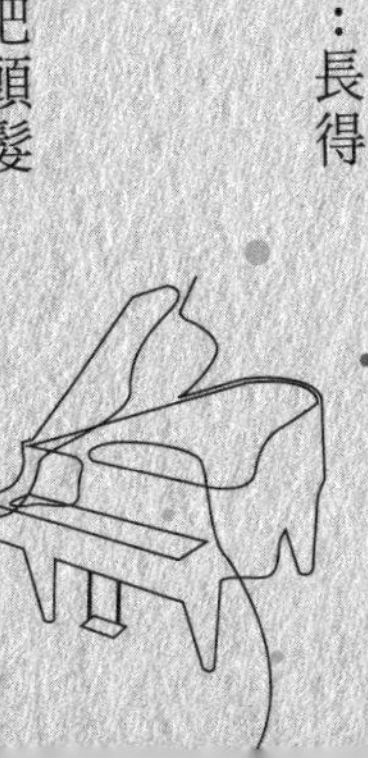

在太平凡了。」

「你比較像一個正常人，所以我想了很久，覺得應該還是自己弄錯了吧？你們……應該只是剛好長得像而已。」

他微笑一下，不置可否。

「畢竟我有好幾年沒見過他了，那怪人又很討厭拍照，記錯了也不奇怪啊。」

「討厭拍照？為甚麼？」

「他啊，說拍照會把靈魂攝走呢。真是的，甚麼古人啊，真的很奇怪呢！」

Karl微微一笑：「畢竟自己畫出來的畫，會比照片更有感情吧？」

聽到這句話，我心中突然有異樣的感覺，不禁停步：「你……我剛才有說過，他會畫畫嗎？好像沒有吧？」

「啊不，我亂猜的，你剛才提到甚麼顏料弄到臉上嘛……所以我猜他應該、應該很會畫畫吧。畢竟，我想開畫廊嘛，也認識一些這樣的畫家，所以，就是……嗯，就這樣。」

他解釋完一輪，又補充：「抱歉呢，我明明甚麼都不懂，卻在亂說。」

我想了一想，又問：「那……你為甚麼會想開畫廊呢？」

「我從小就很喜歡畫呢，去美術館能站著看一整天啊。」

他笑著說，我卻覺得困惑：「從小的意思是……失憶之前？」

「啊對！這是聽我父母說的。因為我……我失憶之後，在醫院裡對掛在走廊的畫特別有興趣，還試過站在走廊裡看畫，看得護士們以為我要逃走，哈哈……所以，後來我父母就這麼說了。嗯，就是這樣。」

「哦……看到畫的時候，你會有甚麼感覺嗎？」

「感覺？」他想了想：「要看是甚麼樣的畫吧？有一些畫，只會覺得很漂亮就完了。但有一些很特別的畫，僅看一眼就會被它吸住靈魂似的，那感覺就好像……對了，像電影裡的時光隧道！能夠令人完全抽離現實世界，彷彿沒有重力地飄進畫裡，然後被畫裡的世界包圍住，不斷旋轉。我每每連眼都不敢眨，不想錯過任何一處筆觸、紋理、色彩、陰影，心裡充滿了感動——」他陶然地說到一半，突然遇上我的視線，臉上一紅：「啊，抱歉，我只顧著自說自話。」

「不，我懂……我真的懂……」

梓穎每次畫畫的時候，也像他說的這樣——簡直，就像到了另一個世界，渾然忘我。

我凝視著 Karl，卻漸漸迷失在他的眼神裡，忍不住說：「不如……我們試試畫畫吧？」

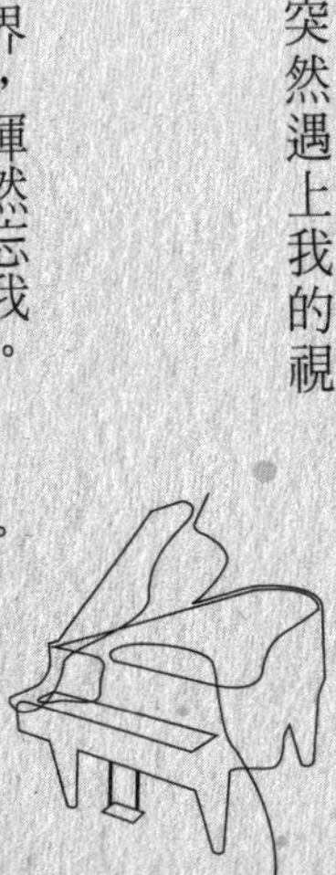

「畫畫？」

「嗯，架起畫架，放一塊畫布，拿個調色盤那樣。」

他想了想，笑得靦腆：「可是，我連拿鉛筆起稿都做不來呢。」

「那個，是不是你要求太高？」

「真的不是……我手很笨，是真的畫不出來。」

一瞬間我有點懷疑，難道這不是託辭嗎？

雖然說畫得好的人要刻意裝不懂也很容易，但是，我還是想讓他畫畫看。說不定，光擺出畫畫的姿態，他就會像 Isabelle 說的那樣想起甚麼吧？

我想了想：「假如你不介意的話，不如我去找張紙來，現在就畫畫看？」

「嗯……好吧，既然你這麼想看，我就獻醜了。」

我們走到小食亭，問店員拿了張墊檯紙和筆。店員沒有鉛筆，只能借我們一枝原子筆。

我跟他在桌前坐下，他拿起筆，把墊檯紙反轉放在桌上。想了幾秒之後，他面有難色：「畫甚麼好？」

「想到甚麼就畫甚麼，可以嗎？」

「但，我的大腦就跟這張紙一樣空白……」

我再想了想：「啊，就畫記憶精靈，好嗎？」

他猶豫半晌：「呃……請問記憶精靈長甚麼樣？」

我不禁苦笑。

剛才有一刻，我還以為一說到「記憶精靈」，他雙手就會不受控地大筆一揮，把梓穎以前畫過的記憶精靈重現出來。我真是太理想化了。

Karl 又問：「或者，有沒有實在一點的題目？」

「實在啊？那就……」

我在腦中搜索著以前看過梓穎畫的畫：「『擠擁』，怎樣？」

「擠擁啊……擠擁，這也有點抽象。」Karl 苦惱地皺起眉頭，想了很久：「好吧，我儘管試試看好了。」

「嗯嗯，麻煩你了。只要把你心中想到的東西隨便畫出來就可以了。我只是想……想看看你畫畫的樣子而已。」

他似乎沒留意到我的話，只把注意力集中在筆桿上，然後在紙上畫了幾條曲線。我還在猜那些曲線究竟是甚麼，他又用力把那幾條線劃掉。

「不對不對……」說著，又在旁邊重新動筆。

反覆刪了幾次，紙上到處都被藍色原子筆痕畫成一團一團後，他總算在左下角畫了一個粗粗的四方框，而裡面塞滿了火柴人。

他望著我，臉色紅通通的有點尷尬：「很多人擠在一起，這樣……也可以吧？」

「嘻，唔……嘻，這樣也、也很可愛，噗哈哈哈哈！」我看著那幾個歪歪扭扭的火柴人，拚命想讚美幾句，結果竟忍不住笑出聲來。

那幾個火柴人跟「畫」真的差太遠了，偏偏Karl還那麼認真，實在是太有喜感。

正失控地笑著，Karl突然丟下原子筆，怔怔地凝望我：「la plus belle sourire……」

他突然呢喃一句我聽不懂的話。

「嗯？你剛才說甚麼？」

他如夢初醒，連連搖頭：「抱、抱歉。我……我剛才出神了。」

「等等，可以請你看著我嗎？」我抑制著內心的波動，盡可能平靜地說：「剛才你說的，是法文對不對？你、你會法文？」

「……」

他竟避開我的眼神，眼中閃過一絲痛苦。

「Karl，你，究竟……」

「喂喂！怎麼又在拉拉扯扯啊！」

我正要追問到底，突然有人高聲叫嚷著跑來。我還沒來得及阻止，阿暉已插到我和Karl中間：「阿灤，這傢伙又對你幹甚麼了嗎？」

「咦？沒啊。我們在畫畫而已。」還不如說，是我在對他幹甚麼吧。

「畫畫？但你們剛才的動作明明……哎呀！」

阿暉話沒說完，突然被Isabelle敲了敲後腦：「笨蛋啊你！手把手畫畫不是很正常嗎？有沒有常識啊？」

「阿Belle！你看清楚情況再說啊！」

「不懂狀況的是你才對啦！」

Isabelle 和阿暉又原地吵了起來。

我望望 Karl，他又變回平常那笑臉迎人的模樣。剛才的糾結，彷彿只是我的錯覺。

這時，他也望了我一眼。

交會的眼神裡，只見他清澄的眼睛深不見底——彷彿囚禁著千言萬語。

我喜歡彈琴，也只喜歡獨自彈琴，享受一個人的快樂。

偏偏在中三的暑假，我成功地招惹來一個美術室怪人。即使到中四開學後，他還是把音樂室當成自己家一樣，沒事就跑來消磨時間。

拜他所賜，音樂室的靜謐完全被打破了。我總不得不在意那怪人在音樂室裡幹些甚麼？有沒有盯著我？結果完全無法投入到歌曲裡。

有一天，我因為緊張而彈錯了半個小節之後，終於忍不住對他發脾氣：「你又來幹甚麼啊？回去畫畫好不好？你這樣會騷擾到我練琴啊！」

本來盯著天花板搖椅子的他停下動作，拿開在鼻尖玩平衡的 2B 鉛筆，一臉無辜地望向我：「我在找靈感，嗯，靈感。」

「靈感的話你回美術室找不就好了！」

「不啊，同樣的景色看得久了，感覺很乏味啦。」說著，他一臉認真地拿出一本比教科書大上一圈的素描本，放在板桌上裝模作樣：「靈感總是需要一點刺激和啟發，才會有新鮮感。」

「那你去操場不好嗎？那裡題材更多啊！」

「不不不，那種地方太喧囂了。」他頓了一頓，似笑非笑地望了我一眼：「而且，這裡還有免費音樂可以聽呢。很讚不是嗎？」

我深深吸了一口氣，儘量讓自己語氣溫和：「這個音樂室現在我在用，請你出去好嗎？」

他陽光燦爛地笑笑：「都是學校的地方啊，難道需要申請嗎？那你拿 booking form 給我看看？」

我聽得差點吐血。這個人到底臉皮厚到甚麼地步？

我正苦無良策，突然注意到被他丟在板桌上的素描本，便偷偷走過去伸出毒手。

沒想到，他的反射神經竟快得很，我指尖都還沒碰到他已搶走素描本。

「乖孩子不能不問自取喔。」

我只能生氣：「你到底為甚麼一定要留在這裡啊？」

「嗯，怎麼說呢？文藝復興時期就是音樂跟繪畫同時復興的呢。去年你沒有讀西史嗎？古典派時期也好，浪漫派時期也好，音樂跟繪畫都是互相影響的啊。」

「那跟你現在要霸佔我的空間有甚麼關係嗎？」

「就是，我覺得一聽你彈琴靈感就出來囉。很難理解？」

「唉，不跟你說了。總之，不可以騷擾我練琴啊！」

他連連點頭答應。

我不再跟他說話，回到鋼琴前繼續練習。但李斯特的《愛之夢》才彈了半頁，我又忍不住從三角琴豎起的琴板之間往外窺看。梓穎那怪人還是坐在椅子上，但卻不再看著天花板，而是拿起筆在素描本上畫著甚麼。

——難道真的是一聽我彈琴就有靈感？這樣想著，我不禁好奇起來。

我匆匆把曲子彈完，離開琴椅繞到他的身後。他正專注地拿 2B 鉛筆在素描本上勾劃著粗獷的線條，完全沒察覺到我的動靜。

我默默看了那些縱橫交錯的曲線半分鐘，終於忍不住問：「我說，你畫的這堆線到底是甚麼啊？跟我剛才彈的李斯特有關係？」

「哇！」他叫了一聲，慌忙地把素描本合起來：「草稿階段不可以偷看啦！」

沒想到他動作太猛，素描本竟順勢滑到我腳邊。

我馬上撿起來翻開，前前後後看了幾頁：「甚麼啊，只不過是學校的素描而已嘛，為甚麼要藏起來？這不是畫得挺好的嗎？這是籃球隊在球場上練球吧？這是你課室的窗外風景？咦？這是周會嗎？哈哈，搞甚麼啊？為甚麼連周會也會畫……」

我揭開下一頁時，他突然狠狠地搶回素描本，簿角在我臉上輕輕從下至上劃了一下。

「痛！」

他卻只瞄了我一眼，低下頭就一言不發地跑出音樂室。

居然逃走了！這怪人，連最基本的道歉也不懂啊！

雖然紙劃的傷勢不重，但我心情壞到極點，收起琴準備回家。才走到門前，那怪人竟捧著整個急救箱塞在音樂室門口。

「你不要亂動啊。先消毒和清理傷口吧！」說著就把急救箱的玻璃門打開，結果棉花和紗布都滾出來了。

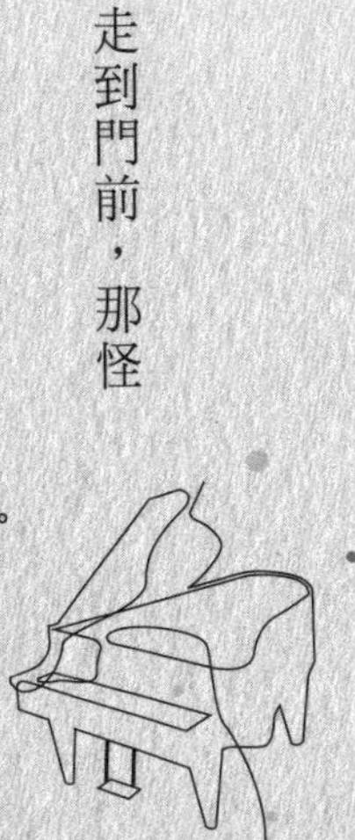

「啊，怎麼都掉了……哎！消毒藥水是哪個？」

看他那過分認真的神情和手忙腳亂的樣子，我笑得停不下來：「哈哈哈！甚麼啊？我沒有受傷好不好？只是碰到一下啦。」

他把我拖回音樂室裡，皺著眉端詳我的臉好一會，才鬆一口氣地放下急救箱：「嚇死我，我還以為自己要負責任呢。」

我不知為何臉上發燙，只能匆匆別過臉：「你……到底你素描本上畫了甚麼不得了的東西？」

他抬起眼來，表情相當調皮：「你真的想知道？」

「不想，你別說好了。」

他笑了：「這樣啊，如果你同意我任何時候都可以來音樂室，我就告訴你。」

「那多不公平啊！除非——你的半成品也給我看吧。」

「那麼，你也可以隨時來美術室看我的畫。很公平吧？」

他的笑容就像黃昏的陽光，柔和得令人無法拒絕：「好，成交。現在你快說，你剛才藏起的究竟是甚麼畫？」

「只能看一眼啊。」梓穎靦腆地一笑，匆匆把素描本的某一頁打開。

我依稀辨認出那是某次周會的場景，禮堂、舞台、絨布帷幕、鋼琴，還有一班不知道哪個班級在台上表演。我正想仔細地看清楚這場景有甚麼特別之處時，他卻飛快地把素描本合上。

「甚麼啊？不就是普通的周會罷了，我還以為是甚麼不得了的東西。」

「沒錯啊，這就很不得了啊。」

「周會嗎？」

「周會當然是——不不不！我的意思是，每一個剎那、每一個瞬間，都是獨一無二、不可以複製的。所以我們要感受現在每一刻，聆聽每一下心跳，為每一下呼吸而感動……」他又再開始了莫名其妙的長篇大論，而且一邊說一邊笑得古古怪怪，令我完全猜不透這怪人到底在想甚麼。他究竟是認真的，還是單純耍我？

——這種猜不透，卻只是一個開始而已。

「所以說，你問出甚麼了嗎？」在專為說秘密而設的女洗手間裡，Isabelle 問。

我嘆一口氣：「還沒有……不過，我覺得 Karl 真的很古怪。剛才你們過來之前，他突然說了一句法文。」

「法文？我記得你的油畫小王子留學的地方，的確是——」

「對，法國。」

她跟我對望一眼，意見一致：「很可疑呢！」

「就是啊，但他甚麼都不肯說。這樣的話，不就更可疑了嗎？」

「所以說，其實他就是油畫小王子本尊吧？失憶也不知是真是假，總之死活不肯承認自己的身分就對了。」

「但我不懂……他為甚麼要這樣做？」

「誰知道啊！啊，我想到了！」Isabelle 豎起手指：「一會吃完晚飯，我們就拉他去酒吧，讓他喝醉之後說出來！」

「真的有這麼容易嗎？」

「不試試看怎麼知道？而且，我們明天就回去香港了嘛，就這樣甚麼都沒問出來就回去，難道你甘心嗎？」

雖然我心中充滿疑惑，但也沒有更好的辦法，便放手讓 Isabelle 去試。

結果嘛——

Karl 一直說要駕車不能喝，Isabelle 花盡唇舌才說服了他，還聯合阿暉和 Jimmy 一起灌酒。但，直到他們三人都攤軟在沙發上，Karl 還是毫無醉意。

唯一沒有喝酒的我不禁詫異：「你……很能喝嘛。」

「還好，平常陪爸爸去跟 Uncle 們談生意，總要陪著喝一點。」

他除了臉色微微泛紅，就跟平常沒甚麼兩樣。神志這麼清醒的話，大概也問不出甚麼來吧。

我心中暗嘆，但想到明天就回去了，還是硬著頭皮問：「下午在 Legoland，我們的話還沒說完呢。」

他裝傻：「你是指……？」

「你會法文呢，對吧？」

「啊，不，就……大學時，稍為學過一點而已。要做生意嘛，多學點語言總是好的。」

「那麼，你當時對我說的是甚麼意思？」

「那個……我只是讚你，笑起來很漂亮呢。嗯，就是，用廣東話說出來挺不好意思的。」他擺出一個無懈可擊的微笑。

我累了，真心想放棄了，誰知他突然又說：「瀠。」

每次聽到他這樣叫我，我都怦然心跳——真想叫心臟自重一點啊。

我別過眼神，隨便答應一聲：「嗯？」

「你，仍在懷疑我，覺得我就是你認識的那位……畫畫的怪人？」

我嘆一口氣，自暴自棄：「是呀，然後不知怎地失了憶，又不知怎地由法國搬到了新加坡，成為了 Karl Ooi。大概是被收養了吧？雖然十八歲都是成年人了，不知道還能怎樣被收養。但隨便吧，沒所謂了。」

我隨口吐槽，還以為他會笑，結果他只是默默地喝下一整杯酒。

他的眼裡，藏著禁忌般的千言萬語和猶豫不決。

他這麼痛苦的樣子，我也看不下去：「算了，這都是我的想像而已，沒甚麼要緊的。反正，你現在過得開心就好——」

「瀠，你喜歡他嗎？」Karl 唐突地打斷了我的話。

「咳！咳咳咳……」我嚇得咳嗽起來，明明沒喝酒，卻舌頭打結：「你、你突然說甚麼啊……」

也許我表情太誇張，他愣了愣，拍拍自己的臉：「我……我可能還是有點喝醉了。抱歉，亂說話嚇到你了。」

「不，沒事……」我別開臉，偷偷地鬆了一口氣。

自那之後，我跟 Karl 沒再聊甚麼。

等到 Isabelle 他們能站起來，我們就叫了的士，直往酒店駛去。因為擔心我照顧不來三個醉酒鬼，Karl 也跟著同行。然而，他卻一改健談的態度，全程都很沉默。不知是因為酒精的影響，還是……我剛才那個回答？

好不容易回到酒店，把他們都送進房裡，我匆匆在走廊叫住 Karl。

已完成任務的他，對我微微一笑：「明天，你們就回去了呢。」

我看著他的臉，心底瞬間湧起了無盡不捨。

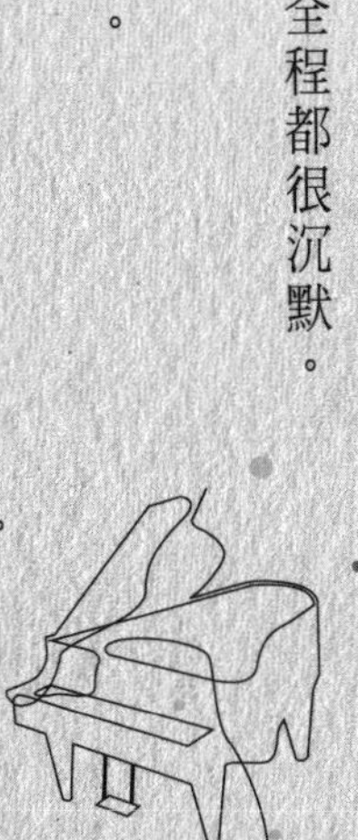

——我回去以後，就不能再見了嗎？

只怕就如梓穎的明信片一樣，永遠不會再收到了吧。

這樣想著，不禁悲從中來。

明明千般不捨，反而無法直視他的臉，我低頭回答：「嗯，這兩天謝謝你了……」

Karl的眼神也變得更複雜了：「那，明天……我來送機吧？」

「可、可以嗎？」

「反正大學考完試了，等著畢業的我也很閒。」

我的心情，稍為晴朗起來。

——最少，還能再見一次。

最後一次。

「那麼……明天再見？」

「嗯，明天見。明天——」他說到一半的話，又莫名其妙地戛然而止。最後，他微笑著跟我說了句拜拜，便轉身離去。

酒店的射燈把他的背影照得如夢似幻，我依依不捨地看著。

原來，我竟然如此不願意，跟這個人說再見。

第二天一早，我們被鬧鐘吵醒收拾行李。

剛剛酒醒的 Isabelle 精神得要命，一直追問昨晚有沒有甚麼進展。

我唯有直說：「他突然問我，是不是喜歡梓穎。」

「然後呢?!」

「我太吃驚了，然後就不小心地蒙混過去。」

她反應極大：「甚麼不小心啊？你這不是拒絕他了嗎？」

「咦？沒有吧……再說，他也沒說自己是梓穎啊。」

「說不定你說喜歡之後，他就會承認呢？」

Isabelle 一言驚醒，我心裡驟地一陣悔恨。

「但也不要緊！他今天不是來送機嗎？你再答一次就行了！」

「嗯，我找個機會跟他說說吧。」

我下定決心，然而剛去到酒店大堂集合，宿醉的 Jimmy 就看著手機說：「啊，Karl 說有事不能來接我們呢。他祝我們一路平安。」

失落和後悔如怒濤般襲來——早知道這樣的話，昨晚應該好好跟他說清楚的。

如果還有機會就好了。

如果還能再見就好了。

但，今天以後，我們就會回到各自原來的生活裡。

我在香港，他在新加坡，不知道下次的再會在何年何月……

我茫然看著車窗外不斷流逝的風景，轉眼的士已經到達機場。我邊嘆氣邊推行李走進機場裡，突然聽到一把響亮的聲音：「嗨，你們終於到啦！」

抬頭一看，戴著遮陽帽背著大背包，一身旅行打扮的 Karl 就在眼前。

我不等他說完，就撲過去把他拉到一旁：「你、你還是來了呢！」

「對啊，因為——」

「等等！我有話想告訴你！昨天你問我的那個問題，我……其實我……」盯著他的臉，我竟嘴唇發燙，說不出口。

真討厭，明明剛才在腦裡排練過那麼多次，明明早就決定，一見到他馬上就要說出來。

「我……喜歡……那個畫畫的……」

他看我一臉困窘，微笑著給我解圍：「是啊，我也喜歡畫畫呢，雖然畫不好。」

——才不對啦！

「那個，是你昨晚問我的吧？是不是喜歡那個怪人……就是那個跟你長得很像的——」

他笑容有點尷尬：「對不起，我昨晚可能喝太多了。」

我如被潑了一頭冷水，昨晚的話，竟接不回去了。

這時，Isabelle 一臉歡快地走過來：「Karl 你來啦？阿瀠一直在等你呢！」

「嗯，久等了。我總不能把車子丟在機場不管，所以讓你們坐的士來了。」

我越聽越不明白：「甚麼？丟下車子？」

他微微一笑，拿出護照：「嗯，因為我也要跟你們一起回去。昨晚好不容易，才

說服爸爸的呢。」

「啊啊？職業兒子嘛。」阿暉在旁邊嘲諷起來：「你要來香港幹甚麼啊？」

Karl 卻毫不在意，仍溫文微笑：「跟上次說的那樣呢，我想去香港開畫廊。那邊畫廊其實挺多的，藝術品交易也很發達。啊，抱歉，你們對這話題沒興趣吧？」

「總之，你一起來就好了啦。阿瀠，你說對吧？」Isabelle 狠狠撞我。

我乍驚乍喜，大腦一片混亂：「呃……歡迎你來香港。」

Isabelle 這時已配合地扯開阿暉和 Jimmy 去排隊 check in，Karl 湊近我一點，低聲說：「其實開畫廊是真的，但更重要的是……就是昨天跟你聊了一天之後，大腦突然湧出很多畫面，儘管都是我沒有印象的東西，就像電影畫面一樣……」

我瞪大眼：「難道是你原來的記憶……」

Karl 凝視著我：「我也說不準……但怎麼說呢，我覺得再聽你多說一點的話，大概就能更加清楚了吧？所以，我能跟著你去香港，繼續聽你說嗎？」

我雙頰發燙，不知怎地就想起 Isabelle 所說——真愛可以引發奇蹟。

「當然樂意之至！」

「太好了！濚，請多多指教。」他露出安心的笑容。

我看著他的臉，莫名地眼眶發熱：「我才是……請你多多指教。」

Karl 露齒笑了。

那彷彿陽光一樣溫暖的笑容，無論從哪個角度看，都跟我記憶中一模一樣。

梓穎——

你，終於要回來了。

我從來都沒甚麼夢想。

讀書成績還可以，其實只是能力剛好符合學校要求。彈琴彈得算不錯，但也沒想過彈琴對人生有甚麼幫助。立定決心要做到的事情，我從來都沒有，只是隨波逐流地活著而已。

「濚，你沒有報 DSE 音樂班？」

中四夏末的某個黃昏，梓穎突然一把推開音樂室的門，中斷我的琴音。

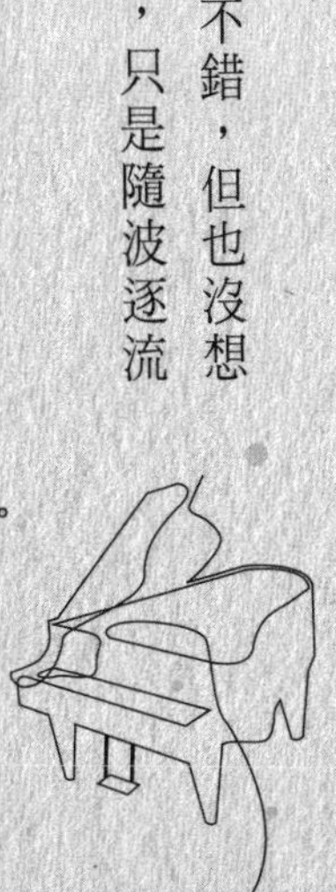

本來彈得還不錯的《幻想即興曲》被擾亂了，我面無表情地白他一眼：「是啊，那又怎樣？」

「可惜啊！太可惜了！」

我停下手指的動作：「可惜甚麼呢？我們學校根本沒有DSE音樂班吧？要考作曲啦，沒有老師會教啊。」

他以凜然的目光注視我：「因為這樣，你就放棄嗎？」

他的表情認真得令我懷疑自己是否做錯事。我無法直視他的眼神，只能輕輕移開視線：「就算我要繼續學琴，也不一定要考DSE吧？將來又不會向音樂發展……」

「為甚麼不？」

「當然是無法糊口啊。香港啊，不是只剩下金融業和服務業才能賺錢嗎？我要怎樣才能把音樂成為職業？要當作曲家？還是在餐廳演奏？不，現在根本就沒多少餐廳會請人彈琴吧？要請也是請live band。」

「慢著，你的鋼琴老師不是說你挺有天分嗎？Miss Chan好像也這麼說過。」

「但她們都沒有以音樂為職業呀！鋼琴老師只是兼職教琴，而Miss Chan是老師。我又不喜歡當老師，而且興趣不一定要成為職業吧？作為愛好保持下去，身心更健康。」

他一下子沉默下來，只是望向窗外。看著他的背影，不知為何，總有一種異常的孤獨感。

我不願意繼續沉默下去，便問：「那你呢？」

「我？」

「將來，想當甚麼？」

他轉過頭來，笑得理所當然，還露出潔白的牙齒：「畫家呀。」

「畫家……要怎麼才能當上畫家啊？」

他攤攤手，仍傻傻地笑著：「不知道呀。」

我反反白眼，啼笑皆非：「甚麼啊……那麼，香港現在有多少個畫家，你知道嗎？」

「我必須要知道？」

「既然不知道，那你要怎樣當呢？這真的是一個職業嗎？可以為生嗎？」

他不答話，突然站了起來走到我的琴邊，彎腰趴在我的三角琴上。從三角琴撐起

的琴板中間，他那雙淺啡色的眼睛光芒四射地凝望我：「你說過，你媽媽送你去學琴，只是為了讓你考小學，對吧？」

「是、是啊……」

「但是啊，你彈著彈著，不知不覺已經學到演奏級了吧？」

「沒錯啦。」

他笑了笑，站起來伸了個懶腰：「所以啊，那種事，現在想來也沒用呀。」

「你怎麼這樣？人生要有計劃啦。」

「要先有目標，才有計劃呀。對我來說，目標已經決定了，所謂的計劃，只不過是通往目的地的路程。難道因為我現在不知道怎樣計劃未來，就乾脆把目的地也換掉嗎？那樣本末倒置了吧？」

我發現自己不懂怎樣反駁他的話。

也許，我根本就認同他所說的。我所缺乏的，只不過是膽量。

我嘆口氣：「你對自己真的好有信心。」

他笑了笑：「只是做自己想做的事而已，你也可以的。」

我抬起頭來，認真地望著他：「你相信我真的可以？」

「我相不相信有甚麼所謂？最重要的是，你要相信自己呀。如果你的目標就在那裡，跌倒了仍然可以站起來繼續走；遇到阻路了，就繞過去。終有一天，還是會到達那個目的地啊。」他裝著大人的模樣，伸手輕拍我的頭。我不知所措，唯有別開通紅的臉。

那天晚上，我想了一整晚。後來跟鋼琴老師和 Miss Chan 談過，她們都大力鼓勵我。然後，我就成為了那幾年來唯一的音樂自修考生。

梓穎知道之後，志得意滿地笑了：「我就知道，你一定會走這條路的。我等著啊，看甚麼時候你成了作曲家或演奏家，我就聽著你的 CD 來畫畫！」

「真的……會聽嗎？」

「會啊！不管到時我在哪裡，在做甚麼，都一定會聽你的曲子！」

他笑得那麼燦爛，完全沒察覺呆望他的我，滿臉通紅。

坐飛機回香港的途中，我跟 Karl 說了很多關於梓穎的往事。一邊說，就一邊想起更多、更多。如深海裡的寶藏，每移開一件，又發現更多藏在其下。這時我才察覺，我和梓穎之間竟發生過那麼多事。

明明當時的我們覺得每一天都平平無奇，在學校裡也無聊至極——現在回首去看，卻感覺這些日常原來都是瑰寶。

可能因為這樣，我激動得說話雜亂無章。說到中四突然又跳回中三，跳來跳去，結果 Karl 不斷追問。最後，我本以為航程裡就可以說完的往事，竟只交代到中四開學。

「沒關係啊。反正我預算在香港留一個月，等你有空時我們再慢慢聊。」Karl 安撫我。

「我有空啊！除了去做兼職的時候。啊，還有畢業創作，不過也不急。」倒不如說，聊得太高興了，我超級想繼續跟 Karl 聊往事，勝過其他一切。於是，我馬上拿出記事本檢查日程，還跟他約好第二天做完兼職之後見面。

「啊，對了，如果你手上有他的畫的話——」Karl 說。

「我有的，到時我帶出來。」

「那太好了。」Karl 一臉期待。

第二天，我在酒店的閣樓 coffee shop，望著早被填得窄窄的維港兼職彈琴。

其實我挺喜歡這工作的。畢竟客人都只把我當成背景一部分，而經理亦只要求我彈些輕柔又出名的動畫或電影配樂，彈起來很輕鬆。

今天午飯時間快完了，最後一首曲是 A Whole New World。

"I can open your eyes

Take you wonder by wonder

Over, sideways and under

On a magic carpet ride"

——簡直，就像為某人度身訂做的歌詞呢。

我一邊彈著，一邊想起一段段遙遠又令人會心微笑的往事。

一曲輕易奏完，我的指尖從最後一顆琴鍵上離開。張開雙眼正準備起身下班，突

然驚覺三角琴前方有一個男生呆呆站著，凝望我的眼神帶著悲傷。

——梓穎？

我嚇了一跳，大動作地站起，琴椅也發出「嘎」的一聲。餐廳眾人紛紛看過來，我才終於想起一切。

我連連致歉，急步拉住 Karl 跑到角落：「你、你怎麼來這裡了？不是在地鐵站等嗎？」

「我早到了，想說不如來聽聽你彈琴……」他擦擦眼角，有點靦腆：「沒想到原來聽鋼琴曲會這麼感動……我還是第一次有這種感覺，好像整個身體都快被各種情緒塞爆。」

我笑了：「你會不會太誇張？只是一首 A Whole New World 啊。」

「不，這首歌我以前聽過，並沒有這種……是你的演奏，感情太強烈了！如果你彈的可以具現成一幅畫，我肯定馬上就要買下來！你應該可以當一個很好的創作者。」

我望著他認真的眼神，驀地想起以前梓穎好像也說過類似的話，不禁害羞起來：「謝謝你，希望我真的有你說的那麼好。那我先去換件衣服，待會再說。」

我跑去更衣室飛快換好衣服，收拾好東西，跟 Karl 離開酒店範圍：「你有哪裡想去嗎？」

「我……哪裡都可以啊。對了，在飛機上你說的畫……」

「嗯，我帶著了。」我指指自己的背包。

Karl 一臉好奇：「咦？我還以為是油畫或者膠彩畫……」

「啊，那個在家裡呢。太大了無法帶出來，不好意思。」

「也是，一定很重吧？那麼，如果方便的話，我能不能去你家裡看？」

「抱歉呢，其實在早兩年，媽媽趁我住在大學宿舍，就把家裡大裝修，然後那張畫就被一個大衣櫃擋住了……」

Karl 愕然，輕輕皺眉：「藏在衣櫃後嗎？那樣的收藏方法，對保存畫不太理想啊……」

我羞愧得抬不起頭：「我也知道，對不起。但……唉，我跟我媽有多年恩怨了。中學時她問都沒問，就把我的鋼琴賣掉；我升大學時又沒跟她商量就選了音樂系，她一直氣在心裡。所以，裝修的時候就——」

Karl 的臉色都變了，我也不想破壞自己形象：「總之，我發現了之後，已經吵

著要把畫救出來，但我媽說會弄壞衣櫃，死活不同意。我們吵很久了，一直沒有結論……對不起。」

「不，別道歉……家裡的事很難跟別人說明的，我明白了。」

「那麼，為了補償，我帶你去一個好地方？」

「哪裡呢？」

「時間魔法空間。去到那邊，你可能就有印象了啊！」我眨眨眼裝神秘，使 Karl 一臉困惑。

我跟他走進地鐵站，沒想到在月台等候轉車時，突然有人叫我。回頭一看，竟然是新加坡團友阿暉。

他看見 Karl，馬上臉色一變，把我拉到一旁：「阿瀠，他沒對你怎樣吧？」

阿暉對 Karl 的印象仍停留在新加坡第一夜的「色狼事件」，我連忙澄清：「沒事呢，放心吧。我只是帶他到處逛逛。」

「嗯，那就好。但我還是覺得很奇怪，這人突然就纏上你了，還跟到香港來，是有甚麼居心啊？」

這話聽得我不太舒服，我望望在一旁玩手機的 Karl，忍不住替他辯護：「Karl

早幾個月也來過香港呢，因為想開畫廊嘛。而且，他可能真的跟這邊有甚麼淵源啊，我閒著沒事幫幫忙而已。既然是 Jimmy 的朋友，沒甚麼需要擔心的吧？」

「Jimmy 那傢伙滿天下都是朋友，他說是朋友並不保證甚麼——」

「喂！怎麼你不在客戶服務中心等我？啊！阿灤，好巧耶！」阿暉說到一半，Isabelle 突然從後冒出來，她看到 Karl 之後還揮手笑說：「哎呀，Karl 也在呢！是在約會嗎？」

我還沒開口，Karl 已客氣地打招呼：「兩位，又見面了，真難得呢。」

「香港本來就很細好嗎？我說啊，如果你真的失憶就別到處跑，應該去精神科。再者，Jimmy 也可以陪你——」阿暉一看到 Karl 就毫不客氣，結果還沒說完，就被 Isabelle 扯走。

「阿暉你才是呢！明明答應出來陪我買見工的衣服，別拖拖拉拉的！」

「咦？喂，阿 Belle！等等，我還未……喂！」

阿暉雖是運動型，卻還是貼貼服服地被身材嬌小、腳踏高跟鞋的 Isabelle 拉開。

才走了幾步，Isabelle 便回頭，對我單眼微笑說加油。

真是一對活寶，令我哭笑不得。

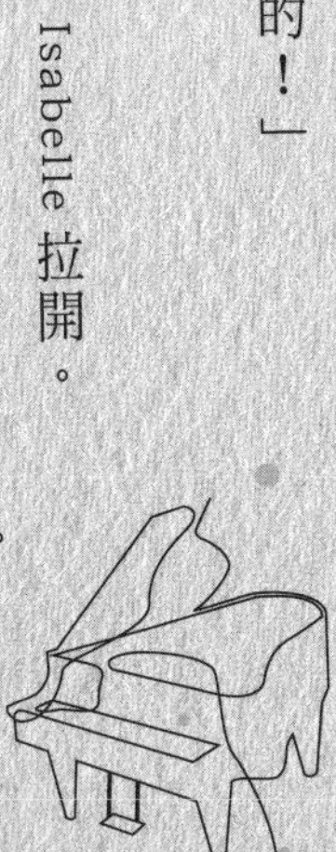

「他們很速配呢。」Karl看著他們的背影，也笑了。

「Karl，抱歉呢。阿暉說話比較直，但他應該沒惡意的……」

「不，我懂的。換了是我的朋友遇上這種連續劇般的展開，我也會懷疑的。這很正常。」

「但我相信你。」看他那麼坦然，我忍不住說：「我會幫你的。」

「謝謝。我也很期待你說的時間魔法空間。」他送我一個安心的微笑。

♪ ♪ ♪

人的記憶，很有欺騙性。

我們總會記住自己想記的事，然後一直把它放大、放大，放大到一個地步，你不再確定那到底是真實發生過，還是只是自己的想像。

於是在我的回憶裡，我的中學時光好像都在音樂室度過一樣。當然，還有給我們獨佔的美術室。

搶完素描本，定下了彼此可以隨時往來音樂室和美術室之後，美術室怪人文梓穎更是大模大樣地待在這邊。他有時候莫名其妙地跟我點歌然後跑回美術室，有時候坐在音樂室的椅子上發呆，有時候站在窗邊看著天空。

因為很不爽他總是如此，於是我彈琴彈得累了，也會跑去美術室活動一下筋骨。這種時候，總會發現他架起畫布在作畫。

他畫的東西很奇怪，除了之前擠擁的墳景，還畫過一些超現實的畫作。當我以為他都是隨心亂畫，第二天他又已變成寫實派風景畫。

我不知道他腦子裡裝的到底是甚麼，唯一肯定他絕對不負美術室怪人這名號。

午飯時間，男生女生都三五成群地離校吃飯。而我的午飯都在學校小賣部解決，簡簡單單買個三文治，或者吃點炒麵，務求以最快速度吃完飯，騰出大半小時做功課。唯有把握小息和午飯時間做功課和溫習，我才可以在放學後盡情練琴。

有一天午飯時間剛開始，大部分同學都外出了，操場裡甚至沒有人在打籃球，我就坐在學校操場旁邊的常綠樹——人蔘果樹下，邊咬三文治邊做上午時老師給的功課。

寫著寫著，突然聽到旁邊傳來一把聲音：「唔，人蔘果到底是甚麼樣子的呢？」轉頭一看，梓穎竟不知何時坐在樹的另一邊，正仰起頭盯著樹幹。我呆了一呆，忍不住問：「你……怎麼在這裡？」

他瞄了我一眼，彷彿怪我問了個蠢問題：「當然是吃飯啊。」

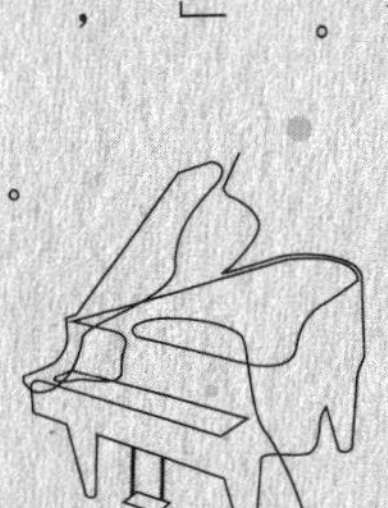

「啊，抱歉，我從來不知道你也需要吃飯。」

「那你以為我懂得進行光合作用？」

那一刻我有點想笑，只能低下頭強行忍住：「我……我不跟你說了，今天功課好多呢。」

他竟真的不再搭話，只是一言不發地坐在那裡。

天氣近秋了，微風吹過，為悶熱的操場帶來一點點涼意。我寫了兩行字，又從長髮之間偷看他。他還是保持著那個九十度仰望的奇怪姿勢，不知道在看著甚麼。

我還是敗給了好奇心：「你到底在看甚麼啊？不是說吃飯嗎？」

他脖子仰得太後，聲音斷斷續續：「吃完了啦……你說……人蔘果樹……人蔘……在哪裡……果又在……哪裡？」

我哭笑不得：「你別騷擾我做功課好嗎？」

「冤枉……你問……我才答的。」

我正想說點甚麼把他趕走，幾個帶著籃球的男生突然在球場喧嘩起來：「喂，你們看？那個怪人竟然也有女朋友！」

我們附近再沒有別人，那幾個男生對著我和梓穎評頭品足起來：「好像是A班的吧？」

「看起來也是個怪人啊，頭髮那麼長。」

「我記得，彈琴的吧！噹噹噹噹噹噹！」

那男生一邊說著，一邊裝著彈琴的樣子左搖右擺。但因為看起來太像神打上身，一眾男生都哄笑起來。

如果是長大後的我，應該會冷笑一下轉身就走吧。但當時我卻氣得無法動彈，只懂狠狠瞪著他們。在悶熱的空氣中，我臉上越來越火燙，呼吸也越來越困難。那些男生卻沒有停止：「哎呀呀，在看著你呢。」

「哈哈，看我？不要啦，我眼光很高的。你上吧！」

「哇！你還真是好兄弟呀！你看，人家都要哭了。」

我心中不斷問：為甚麼為甚麼為甚麼為甚麼……為甚麼我們學校裡的男生不是怪人，就是這種低智的生物？

正氣悶，突然有一隻溫熱的手用力地拉起我的手腕。等我意識到的時候，我已經跟在梓穎的背後跑過操場。

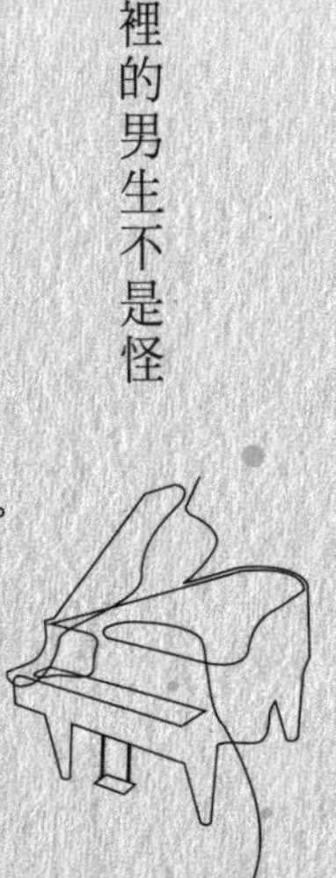

他的頭髮在陽光之下微微飄動，汗水都沾濕了他的背，令白恤衫變成半透明黏在身上。我不禁低下頭，牢牢地盯著操場地面上我們的影子。

影子裡，我們的手臂重疊在一起。儘管，他只是握著我的手腕。

他一直帶我跑出操場去到學校門口還不肯停下，我忍不住問：「喂喂喂，你要帶我去哪裡啊？」

他這才回過頭來笑笑：「我要帶你去一個，可以好好做功課的地方。」

我跟 Karl 在陡斜的坡道上緩緩前行，下午時分，太陽曬得頭腦都發燙。這條迂迴向上的山路，通往我們位於半山腰的中學。

右邊是車路，偶有小巴、巴士駛過；左邊是陡峭山坡，在樹蔭稀疏的地方向下望去，能看見山下新舊交集的住宅區，放學時還能看到遠處的日落和晚霞。

「啊，這裡……」Karl 突然停步，靠在欄杆遠望。

「風景很好吧？」

「嗯，有種……令人懷念的感覺。」

微風吹過，這環境太熟悉了，站在這裡的 Karl 簡直就像梓穎本人。

「你想起甚麼了嗎？」

「咦？怎、怎麼這樣問？」

「以前，梓穎就很喜歡站在這裡看風景啊。我們學校其實有車可以直達山腳，但我喜歡走路回去，放學時曾在這位置遇過他好多次。」

Karl 微微一笑：「難道，他不是在等你嗎？」

「咦？」我突然覺得熱上加熱，幾乎中暑。

「啊，沒事，我亂說的。那個，你說的時間魔法空間在哪裡？」

「在、在上面，繼續走吧！」我搶先走在前面，不讓他發現我滿臉通紅，腦中卻不斷響起那句話。

**「難道，他不是在等你嗎？」**

山上有兩條公共屋邨，一條離學校較近，我們學校的學生們常去那裡吃飯；另一條邨要穿過第一條邨之後再往上走，行人比較稀少。

我帶 Karl 走到第二條邨之後，越過一群高樓，走進老舊的商場裡一家快餐店——發記。

昏黃幽暗的發記還留著上世紀九十年代的裝潢，牆上掛著手寫的宣傳牌，長著水鏽的半身玻璃鏡上黏著圓角的塑膠字，彷彿連空氣都停留在過去某一格。

店裡只有幾個老人家，在我們開門的時候紛紛轉過頭來看著我們，就似看見未來人：「啊，歡迎，有位！要吃甚麼去那邊買。」

我買了兩份炸雞髀配紅豆冰，挑了水吧附近的木桌子坐下，把一份擺到 Karl 的面前：「這裡一點都沒變，真是太棒了。」

Karl 一臉好奇：「這裡好特別。是懷舊主題的店嗎？」

「不是啦。但這裡好像不會變遷，由我們當初讀中學時就已經是這個樣子。我覺得，這裡就像有時間魔法一樣。」

他舉目四盼，眼神添了幾分深意：「確實呢，彷彿連空氣都帶著懷舊的氣味。」

「是吧？啊，你快試試這炸雞髀配紅豆冰，以前梓穎教我這樣點的。」

Karl 依言嚐了一下，笑意更濃：「是小孩子會喜歡的口味。」

「我以前聽說啊，氣味和味道的記憶最深刻了。所以，你好好細味一下，說不定就會勾起甚麼回憶……」

「好，我一定細細品嚐。」

體溫稍為下降，大家心情都很愉快，於是我從背包中拿出紙盒，再從盒裡取出明信片：「來，這是梓穎去了法國之後寄過來給我的，你看看吧。」

Karl 接過用膠套套著的四張明信片，稱讚道：「你保管得很小心呢。」

「嗯，因為他都用鉛筆畫，手碰到很容易化掉。」

「也是啊。」

「所以說，把畫放在衣櫃背後，真的不是我的本意啊。你要相信我。」

Karl 對我笑笑，然後依次序拈起明信片，正面反面都細細去看。

在寧靜的發記中，時間彷彿不會流動一樣。

他看得太入神，我忍不住靠近，也隨著他的目光看去。

這些明信片，印的都是法國風景照。巴黎，普羅旺斯，尼斯……也不知道梓穎究

竟到訪過這些地方，或只是隨便買的。而風景的背後，一側是郵戳、我的住址和名字；另一側，是他用鉛筆畫的素描畫。

第一張，是類似宿舍的古舊木製房間。

第二張，是校園景色模樣的草地和建築物。

第三張，是擺滿了畫架的繪畫教室。

還有最後一張，是一間疏落地掛起了幾張畫的房間，似乎是畫展。奇怪的是，他並沒有畫出那些畫，只是把畫下方的說明文字寫了出來，還特意翻譯成中文。

「橘色陽光

文梓穎

20XX」

「最美的笑容

文梓穎

20XX」

「夢

文梓穎

20XX」

記得他走後幾個月，十六歲的我第一次收到他的明信片時，驚喜交雜。結果，看到背面隻字未書，只畫了張素描，又悵然若失。這究竟是甚麼意思？圖畫密碼嗎？

我曾試過舉起這些明信片在燈光之下照了又照，甚至借來媽媽早年怕假鈔而買下的紫外線燈照了好幾遍，卻一無所獲。

我沒發現半句密碼或隱藏訊息。

每次收到他的明信片之後，我都馬上回信給他；但他從來都不肯好好回答，下次還是寄來一張不明所以的素描。最後，十八歲那年，我收到那張似乎是畫展現場的明信片。

我寫過信，也寫過email，但不管怎樣，都沒有收到回信。後來，甚至連素描明信片都不再有。

日復一日，月復一月，年復一年——四年就這樣過去了。

「你說，這些畫有藏著甚麼密碼嗎？」

Karl抬頭望望我：「密碼？」

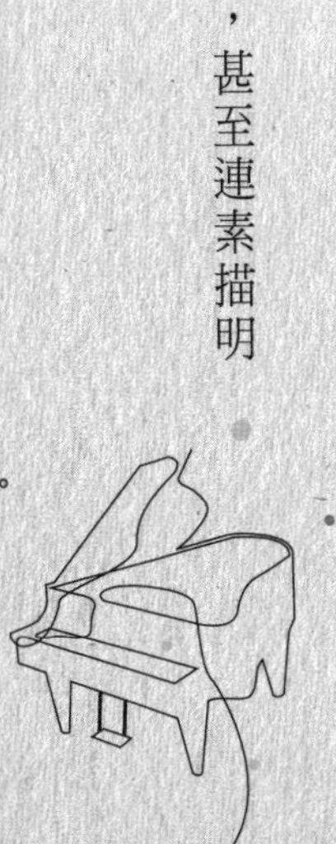

「不是嗎？特地這樣寄來，就令人覺得是不是有甚麼秘密啊、藏頭詩啊、謎語啊。你有甚麼線索嗎？有沒有哪裡令你靈機一動？」

「唔……」他側頭望著最後那張明信片，笑說：「我也不知道呢。也許，有吧？」

我湊近一點：「真的？那你覺得密碼在哪？我覺得第四張素描最可疑——」我興奮地說到一半，突然發現 Karl 怔怔地凝望我。「怎、怎麼了嗎？這兒應該不會有雀屎呀。」

「哈，你還真有趣。」Karl 笑了，望著我說：「我只是覺得，你跟我以前……我的意思是，你跟我在新加坡認識的女生不太一樣呢。可能因為，我讀的都是商科吧。」

「有趣？哪裡啊？明明阿 Belle 都說我悶蛋呢。」

「例如，會認真地研究素描啊。」他揚揚眉。

「那是因為，梓穎這人真的很奇怪啊，有話也不肯好好說。」

「其實，你們兩個都一樣啦。」

「哪裡一樣啊？」我簡直聽不下去了：「跟他比起來，我 100% 正常人好嗎？」

我看看他充滿笑意的臉，再環看四周，腦中靈光一閃：「例如……對了！那一桌，你記得嗎？」

「在門口那桌？」

「對啊！那次我帶著功課來吃飯，就看到你坐在那裡用雕刻刀拚命刻間尺。然後你一臉神氣地告訴我，你正忙著，得趕在數學測驗前把公式刻上去——哈，才那麼幾條公式，有這個功夫去刻，倒不如直接背下去還比較快。沒想到你會跟我吵，還宣稱絕對是刻下去更快。」

他只是托著臉，一個勁地笑。

我再想了想，又說：「還有還有！那次我在人蔘果樹遇到些麻煩人之後，你二話不說就把我帶到這裡來。然後你一坐下就說，這裡是最適合做功課的地方，因為沒多少人來，老闆也不會趕人走。當時嚇死我了，老闆就在旁邊聽著啊！」

「哈哈。」

我瞪著他：「所以你說，我哪有你這麼奇怪？最少我會看看別人的臉色啊！」

「嗯哼——」他咬著飲管，饒有趣味地笑望我。

我氣鼓鼓地盯著他的臉，突然察覺到不對勁。

——我剛才，說甚麼了？「你」？我對 Karl 說了？難怪他一直都不搭話啊！

我猛吸一口紅豆冰，讓發燙的大腦清醒一點：「啊，抱、抱歉，我說的是梓穎呢……我、我熱昏頭了，對不起。」

「不，別在意。就如你所說，氣味和味道的記憶是最深刻的嘛。」

他那麼努力幫我找個下台階，我不好意思地笑了：「嗯，倒也是。好像由我推開發記玻璃門的一刻，大腦就已經有點奇怪了。」

明明我的眼睛很清楚這裡沒有別人，但大腦卻總覺得，餘光裡有那個熟悉的身影。去付錢買餐的時候，就彷彿看到很想見的那個人在吃飯、在畫草稿、在抄功課……就像所有不同時光同時湧現，使他曾經坐過的每個角落重疊起來。然後，連心跳都明顯加快了。

明明我很清楚，只要定神一看，一切就會如幻象般消失。但是……

記憶，會銘刻在地點裡。

和當時的聲音一起。

和當時的氣味一起。

想忘記，也忘不了。

「其實我很高興呢。」Karl突然說：「這樣聽著你說那些事，感覺自己就像現場目擊一樣，就好像……我也是一起長大似的。」

「唔？那會不會是……既視感？」

Karl 愣了愣：「你的意思是——」

「就是說，可能你真的經歷過啊？只是你的意識忘記了，但潛意識卻依稀記得，所以會有那種……對了，好像看電影一樣的感覺。」

「唔……」他苦笑著沉思良久：「是不是呢？」

「我突然想到個好主意！反正你都來香港了，就想辦法帶你去我們中學走走吧。」

Karl 雙眼放光：「咦？可以嗎？」

「不知道啊，但可以想想辦法。」

他跟我相視一笑。

即使他記憶沒有恢復，但我感覺我們還是挺合拍的。桌上那杯口味停留在過去的紅豆冰，不知幾時變得更甜了。

# 最美的時光，是你

## ❸ 最美的時光，是你

每當我打開美術室的門，首先就是一股混合顏料、陶器等的怪味撲鼻而來；接著，就會看到梓穎站在畫架前的背影。

雖然美術室長期拉上窗簾出奇地昏暗，但又總會有一縷光從窗簾之間滲進來，灑落梓穎的臉上，令他的側臉彷彿繪上金線。

他察覺到腳步聲時總會警戒地轉過身來，彷彿要用右手上的畫筆攻擊入侵者。然而，當眼神跟我相遇的一刻，卻又會放鬆為柔和的微笑，然後轉過身去繼續畫。

我在塞滿雜物的美術室轉一圈，最後還是走到他的背後，看著他不斷揮動畫筆。

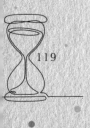

「這不是已經畫得很好了嗎？」

「不啊！你看這陰影？還有這光位？還有這裡……簡直糟糕！補筆的地方多到數都數不過來，最多只能算是畫好一半吧？」

「啊？是這樣嗎？」再仔細看看他的畫，一圈人站著，每個人的表情都誇張地扭曲，還捧著一塊塊形狀詭異的東西在自己胸口。構圖和強烈的用色都令我很不自在。

「這些不是『九連環』嗎？為甚麼要放在胸前？」

他回過身來，瞇眼一笑：「秘密啊。」

我感到沒趣：「是秘密就不要畫出來啊。」

「啊，不！我的意思是，那些是秘密啊。」

「嗯，一塊塊扣起來的解不開，所以就是秘密嗎？」

「沒錯！一開始是一塊解不開的東西，於是放心裡了，後來又引來更多解不開的秘密。時間越長，沉積越多。到最後，每個人的心裡都塞著一大堆九連環，思考空間都沒了，連自己都搞不懂自己在幹甚麼。」

說起自己的畫作，他雙眼閃著光，神采飛揚。我忍不住笑了：「你說得好像雜物一樣呢！」

「啊！確實也是啊。這些就是心底裡的雜物吧？」

「那要丟掉嗎？」

「丟掉？唔……但丟掉的話，不就好像把自己的一部分也丟棄一樣嗎？」

「可是不丟的話，不就只能一直痛苦下去？」

「哎呀，這種事讓哲學家去想吧！我只是突然想這樣畫，就畫出來而已啦。」

他又拿著畫筆畫起來，簡直像到處塗鴉的幼稚園生一樣快樂。

看到這樣的他，不知何故我也會跟著笑起來——

♪ ♪ ♪

「灤，你說想辦法，我真的沒想到竟然是這種……」

隔天，走在黃昏的坡道上，Karl穿著白得發亮的男生校服一臉困惑地苦笑。

我上上下下打量他的模樣，不由得笑了：「嗯，我覺得這辦法挺好的啊！只要頭髮再弄亂一點，就跟梓穎一模一樣了呢。」

「果然，你真的跟別人不太一樣啊。我還以為你說回到中學，是指正正式式的探訪，沒想過竟然是偽裝成學生混進去——」

我連忙按住他的嘴，生怕被旁邊剛放學的學弟學妹聽見：「小聲點啦！反正我們拿著壁報紙，看起來就是買完材料回去做壁報的好學生啊。放學後的校園很寧靜，應該沒問題的！」

「哈，希望我不像留級四年的超齡中學生就好。」

「這倒可以放心。你跟這身校服很配啊。」

我把 Karl 捧在胸前的幾張壁報紙拔高，半擋住他的臉，搶先登上校門前的樓梯。雖然偶有幾個學生向我們投來奇異的目光，但整體比想像中順利，校門沒人看守，我一下子就溜進去了。

我鬆了一口氣，回頭說：「太好了，終於——咦？」

Karl 竟然不在我身後！

我連忙回頭去看，幸好他沒跑上樓梯，只是半蹲在校門的入口處，凝神細看玻璃櫃裡的獎盃和獎牌。

「嚇死我，還以為你走丟了。」我按住心臟喘氣。

「啊，對不起。因為我剛才好像看到這裡有個他的獎牌，就想看看。」他指著玻璃櫃裡的一個獎牌。那的確是一個校際繪畫比賽的獎牌，上面還寫著梓穎的名字。不過，因為這只是優異獎，當初梓穎拿到它時，相當的不高興，還說「不就是安慰獎嗎？我寧願他別給我！」

我不禁問 Karl：「你記得這個校際獎？」

「沒有，只是有點好奇。當時那幅畫，畫的是甚麼？」

「唔……好像是記憶精靈吧？」

「記憶精靈……」他恍然大悟：「難怪你之前叫我試畫記憶精靈啊。」

想起在 Legoland 叫他畫畫的事，我就很想笑：「那時，我以為你一畫就會恢復記憶啊。」

「最好是那樣啦！」他一臉哭笑不得：「不如你再多說一點你們以前在學校裡的事？」

「可以是可以，但都是些無聊瑣事啊。你想聽甚麼？」

「就看到哪說到哪好了，例如這操場？」

「我們又不玩球，對操場沒甚麼特別好的回憶。都是早會啊，然後就是……啊，對了！我們不是隔了兩班嗎？有一次，他突然在早會時拿紙團扔我後腦！」

Karl 哈哈笑了：「然後呢？紙團裡寫了甚麼？」

「咦？紙團裡……？應該沒有吧？我瞪他一眼，隨手就扔了。」

他用手按住額頭，笑出聲來：「哈哈，那還真是……辛苦他了。」

「你的意思是……紙團裡寫了東西？」

「按常理的話應該有吧？不然扔給你幹甚麼？」

「我還以為，他在玩……」胸口裡又湧起一陣悔恨。

那紙團裡究竟有寫甚麼，還是沒有？我一輩子都沒可能發掘真相了。

即使走到當年我扔掉紙團的垃圾桶，也因為時空的錯置，不可能把那紙團撿回來。

「唉，假如你能恢復記憶就好了。」我對 Karl 嘆氣：「那你就能告訴我，紙團裡究竟有沒有寫字了。」

「薛丁格的紙團啊……」他遺憾地望了我一眼，苦笑：「對了，不如我們先去美術室看看？」

「好啊，上四樓吧。」

踏上樓梯走向四樓，我的心情複雜起來。心裡很明白，即使穿著校服回到這裡，也不可能回到從前了。然而，卻又忍不住懷念和期待——儘管我根本不知道自己期待的是甚麼。

「呼，總算到了！我們中三時的課室，還有音樂室和美術室都在這一層。」

Karl 點點頭，好奇地四處張望。四樓基本上沒人，只有夕陽斜照在窄窄的走廊上，再悄悄攀上教室的門。這副景象，跟我當年在這裡讀書時毫無二致。

當風吹過 Karl 的頭髮，夕陽為他的側臉畫上橘色光影，也夢幻得令我有點分不清虛實。

——我知道他是 Karl。但又總覺得，他應該是梓穎。就跟上次在發記一樣……不，回到中學之後，這感覺更濃烈了。

Karl 指指 401 課室，打斷了我的思路：「這是你們以前的課室？」

「嗯，這是我中三時的課室，那時我們不同班。」

「哦，那文梓穎呢？」

我指指 403：「是這一班。他常常站在課室門外，靠在欄杆上托著頭。他真的很奇怪啦。」

他走過去欄杆前，彎下腰托著頭：「這樣嗎？」

「對、對啊，一模一樣。」

他四處望了望：「這裡視野很遠呢，景色也很不錯。不過他在看的，應該是你的課室吧？」

我愣住：「怎、怎麼可能？他的臉明顯向著天空啦。」

「眼球可以轉的嘛，這沒甚麼難度。」

「不不不……中三時我們又不熟。我記得是到升中四的暑假後，才開始熟絡起來。」

「那可能在他第一次衝進音樂室之後，就一直很留意你？」

平平無奇的一句話，卻令我的臉燙得出奇——怎麼會？怎麼可能？怎麼 Karl 說得我好像笨蛋一樣？

「我真的覺得不是這樣啦。」我辯解：「你聽我說啊。有一次我參加音樂比賽，去了一家獨佔半個山頭的傳統名校。第二天回校我跟梓穎說，好羨慕啊。誰知他竟說，學校大了人又不一定會比較開心，再大再好的學校，也不會有人蔘果樹啊。這樣那樣一直教訓我……」

說到一半，突然留意到 Karl 正盯緊我的臉，深邃的眼神帶著滿滿笑意。

那表情令我臉上發燙，再也說不下去：「呃……你是怎麼了？」

「每次一談起他，你的表情就會變成另一個人啊。笑得好可愛呢，真的。」他的目光溫柔得像黃昏的陽光。

我大腦亂成一團，只能慌張地逃跑：「說、說甚麼啊？我們，還是快點去美術室那邊吧……」

「好，我期待很久了。」Karl在後面跟著我走。

其實我心裡真的明白，一切都早已過去。然而，當我穿著黑鞋白襪步過走廊，身體裡還是沒來由地悸動。越接近記憶中的美術室，心跳越是高鳴。

——冷靜點啊，瀠。梓穎已經不在了，我們只是回來看看而已。

一直提醒自己，心中卻還是帶著不切實際的期待。彷彿打開美術室的門，某人就會在畫架堆當中回過頭來，送我一個微笑——像很多很多年前那樣。

記憶，果然是寄存於空間裡的。

一踏進這個地點，印象就重疊了，本來模糊虛幻的細節紛紛變得清晰，宛如時光倒流。

倒流到他仍在我身邊的那時。

我抑壓著緊張，從玻璃片望進去，美術室仍然帶著奇妙的昏暗感。而且，還被一個放滿各式顏料的大木架擋住了視線。

「這裡就是美術室？完全看不見裡面呢。」Karl 好奇地探過頭來問。

他實在靠得太近了，我臉上發燙，匆匆移開半步：「這美術室，從以前開始就特別擠呢。」

我伸手去扭門把，但那扇門卻理所當然地上鎖了。

「喂，你們在這裡幹甚麼？」身後突然傳來一把女聲，我嚇得全身汗毛倒豎。不知怎麼就想起，中一偷玩畫架被 Mrs Lam 罰站了兩個小息的事。

美術室是 Mrs Lam 神性不可侵犯的堡壘。我記得就讀的六年間，曾經來過兩個剛畢業的年輕美術老師。可是，她們都在短短一兩年之內辭職。聽說，就是 Mrs Lam 逼走的。

假如 Mrs Lam 發現我們意圖入侵她的美術室，無疑死路一條。

我的腦中瞬間閃過幾條逃命路線，但想來想去都行不通。事已至此，我唯有硬著頭皮，擋在 Karl 身前：「啊，我們……我們要做壁報，想借點膠水……」

「文具要自己準備啊。」那女老師上下打量著我們的校服：「而且，你不是我們的學生吧？」

我投降放低手上的壁報紙，正想自首，卻突然認出了女老師：「啊！Miss Chan！」

教音樂的 Miss Chan，正是讓我每天借用音樂室的伯樂。我畢業四年，她的樣子仍沒有絲毫改變。她看著我的臉，也有點愕然：「你是……6A 班的……」

「對！6A 班的曲凱濚，一直在周會上彈琴的！」

Miss Chan 的臉部表情隨即放鬆，還笑出幾條魚尾紋：「曲凱濚，對啊！我記起來了，一直幫我彈琴的女孩，我怎麼會不記得呢？」

氣氛一下子就緩和下來，我也鬆了一口氣：「Miss Chan，幸好遇到你。我……這校服有哪裡不對嗎？」

「你這套舊校服是布腰帶，早兩年就換了，現在都用膠帶，一看就知道囉。而且，現在的學生都叫我 Mrs Yeung，會叫 Miss Chan 的，肯定是舊生啦。」Miss Chan 輕拍我的肩：「你啊，要回來探校，好好地跟校務處說不就行了嗎？」

「是的，很抱歉……」

Miss Chan 看看我身後的 Karl，掩嘴笑笑：「怎麼？特地回來校服約會？」

「不、不是的，其實是……」我情急之下把 Karl 拉到身前：「Miss Chan，你認

得這個人嗎？」

Karl微笑點頭，臉容處變不驚。

「你這樣問的話，好像的確是在哪裡見過。是哪一班呢？唔……」Miss Chan探索著記憶。

「4C的！文……」

「啊啊啊！記得了！文梓穎！」她恍然大悟，又再上下打量Karl：「現在長得真高呢。」

我在旁解釋：「Miss Chan，其實他中四就退學了，去了外國讀書。後來，遇上意外失憶，把香港的事都忘了。所以啊，我想帶他回來看看，試著勾起他一些記憶。文梓穎以前很喜歡畫畫，應該還留著很多作品在美術室……」

Miss Chan望望我，有點難以置信：「是這樣？但如果是畫的話，他自己家裡也有吧？」

果然，這麼戲劇化的事，很難令人信服啊。

我正想著辦法，Karl突然送來一個下定決心的眼神。我還沒解讀到他的意思，他已經牽起我的手：「Miss Chan，我和濴準備結婚了！今天特地回來學校，其實想拍一些婚照。」

「啊？」我驚呼。

Miss Chan 也一臉震驚，但馬上添上笑意：「看你們特地換上校服，我就猜是不是這樣。現在很流行吧？回中學拍婚紗照。」

我啞口無言，Karl 卻一臉淡定，仍不忘微笑：「嗯，畢竟是在這裡認識的，很想好好地留個念。有很多美好的回憶呢……當時，我在美術室裡畫畫，她就在旁邊的音樂室彈琴。可惜我們忘了要先預約呢，現在門都上鎖了，進不去。」

我完全合不攏嘴，只能望著 Karl 頭頭是道地亂說。Miss Chan 倒是完全信服，偷笑一下，然後看看手錶：「音樂室的鎖匙我可以借給你們啊。美術室嘛……幫你打電話問問代課老師好了，Mrs Lam 在放產假呢。」

「太感謝了！我們的婚宴上有好照片可以播放呢！」Karl 望望我，志得意滿地笑了。

我擰開美術室的門把，剛把門推開一條縫，門後突然傳來一陣慌亂的腳步聲。

「啊！不行！」

那腳步聲跑到門後，用力從內把門頂著。從木門的玻璃片裡，我分明看到頂住門的人就是梓穎。

我把全身的力氣都推到門上：「你幹甚麼啊？為甚麼要把門頂著？」

他那張沾著天藍色顏料的臉滿是焦急：「不行不行不行！你不可以進來！」

「甚麼啊？我們不是有協議嗎？我昨天也讓你進音樂室啊，為甚麼我不可以進來？」

「今天不行。」

「為甚麼？」

「因為……我在畫一張很重要、很重要的畫，不可以被人騷擾啊！」

「誰會騷擾你啊？你畫畫我又不是沒看過！」我不肯放棄，轉過身就用後背頂門，意圖用雙腿的力量把門撐開。

這一天，剛剛換上冬季校服，如此推了一陣，已經滿身大汗。儘管如此，我還是不敵他的力氣。

「算了，你慢慢畫吧。」我賭氣，轉身就走。

「灤，等一下。」

我回過頭來，只見他從門縫裡探出頭來，雙眼帶笑：「可不可以彈第一次見面時那首歌給我聽？噹噹、噹噹噹噹噹噹噹……拜託了！」

說完，他就閃回美術室裡，轟地把門關上。

誰要彈琴給你聽啊！

我心裡嘟囔著，卻還是走回音樂室裡，一邊想著他是不是要畫裸體所以不能讓人看，一邊彈起了《降E大調夜曲》。蕭邦的《降E大調夜曲》，正是他第一次闖進音樂室留下血手印時，我在彈的樂曲。

那時的我並不知道，之後梓穎都不准許我進去美術室，直到我第一次看到《天使的微笑》那天。

一打開美術室的門，混合油彩、水彩、粉彩、膠彩、稀釋劑……令人非常懷念的氣味，把我重重包圍。窗邊的畫架上，一些塵埃正在陽光之中悠然飛舞。我彷彿回到從前，只要一張開眼，就可以看到梓穎站在窗邊，拿著4號畫筆不斷點著某個陰影位。

「終於進來了呢……真是好不容易啊。」

Karl一臉好奇地左望右望，完全沒被剛才的事影響心情。

我望著他的表情，忍不住感嘆：「猜不到你說謊還挺流利的嘛？」

「咦？就是……剛才一時情急，照直說也沒人信，就隨便找了個理由。」

他望望剛才牽我的左手，臉上泛紅：「啊，是我的說法令你覺得不舒服了嗎？對不起……」

「不……沒……」我避開他的眼神。

倒不如說，他的話令我大腦過度活躍了。我無法停止想像，假如他說的都是真的——

我們在音樂室裡認識，然後他沒有去留學，一起升上大學。一直在彼此的身邊，然後某天終於發現，原來大家已經無法再與對方分離。然後在婚禮上播出的照片裡，是我們穿著校服在音樂室彈琴，在美術室畫畫……

「濴？」Karl的呼喚叫醒了我。

「來到這裡，你好像想起了很多事呢。能分享給我聽聽嗎？」

「……啊？是！」

「啊，當然……」我拍拍發燙的臉，四處望望，然後走到窗邊：「嗯，這是梓穎最喜歡站的位置。我記得他總是把畫架擺在這裡，然後站著畫。而我呢，我就坐在後面這張木椅上，一邊看書做功課，一邊看著他畫。」

想到這裡，不禁笑起來：「有時他會趕我走，叫我快回去彈琴，不然他又要畫不出來了。但音樂室有時會借給合唱團練習嘛，我也沒辦法。我反駁是他同意讓我隨時來的，哪知他居然要求我幫忙哼哼歌。他真的很神經耶！」

回過神來，Karl凝望我的眼神變得很複雜。在微笑中，又彷彿帶著憂傷和同情。

「怎麼了嗎？」

他匆匆別開視線：「沒、沒事……就是覺得你們真的很合拍。真的。」

「是嗎？但我覺得自己根本搞不懂他啊。不過，那段日子倒是很令人懷念。」

我望望壁報紙上貼著的現任學生作品，突然心念一動：「對了，不如你來試畫看看？」

他耍手搖頭：「不了不了，你也見識過我的畫功……」

我隨手找來一枝畫筆，把他帶到畫架前：「做做樣子就可以了啊。難得來到，試試看吧？說不定又會有既視感呢？」

「那……好吧。」

他背向我，用左手舉起乾燥的畫筆，裝模作樣在別人的畫布上點了兩下，細聲問：「這樣？動作對嗎？」

「唔……」回到這美術室裡實物對比的話，明顯感覺到有甚麼跟我的回憶不一樣。是因為身高問題嗎？他的姿勢好像哪裡不對勁。

Karl 的表情動作，也越來越彆扭。

我想了想：「對了，反正音樂室也開門了，不如我過去彈琴？那樣比較能投入吧？」

「啊，當然好啊。我也想再聽聽你彈琴呢。」

「那麼，你想聽甚麼？」

「嗯，A Whole New World 那種也……或者，你以前都彈甚麼？就依照舊時那樣好了。」

「嗯！那你等著。」

我快步跑到剛才 Miss Chan 幫我們開門的音樂室，坐在三角琴前。穿著校服撫著琴鍵，熟悉的感覺由身體裡湧到指尖。

我心情愉快得出奇，隨即閉上眼，彈起了當初第一次跟梓穎見面時的蕭邦《降 E 大調夜曲》。琴音彷彿帶我脫離地面，在無重狀態中飛翔。回憶的片段，統統飄浮在我身邊，伸手可及。

那個人，現在正在美術室裡聽我彈琴，就跟當年一樣。

聲音、氣味、地點……一切都完美重現了。

有了這些場景配合，他的記憶應該很快就能恢復吧？

正想著，突然有人敲敲音樂室的門。轉頭一看，Karl 正站在門前，一臉興奮。

我跳下琴椅：「你想起甚麼了嗎？」

「不，但……瀠！我發現了一個秘密！」

「甚麼秘密？」

「你跟我來！」

一直淡定的 Karl 出奇地緊張，拉著我的手腕向美術室跑去。

——又是拉手腕呢，跟梓穎簡直一模一樣。果然，意識忘記了，潛意識也會留下印象來。要恢復記憶，只不過是時間問題吧？

想著，我們已回到美術室。Karl 指著教師桌旁邊、擺著學生畫作的鐵架後方。

「這裡有扇門。你有進去過嗎？」

「咦？我從不知道……」

「那我們進去看看？說不定還留著文梓穎的畫。」

Karl 動作俐落地把鐵架推開，輕輕一扭門把，門就開了。

「沒上鎖呢……大概是雜物房吧。」

Karl 沒有放開我的手，拉著我走進房裡。我望望房間兩邊高及天花板的鐵架和滿滿的雜物，瞠目結舌。

「原來這裡有個房間……難怪音樂室和美術室中間，要多走幾步才到啊……」

「看來對彈琴以外的事，你都挺糊塗的嘛。」他望著我一笑，然後走近鐵架拉開擋塵布，望望下方的雜物：「似乎擺著很多畫呢，看起來放了十年以上了吧。」

「Mrs Lam 那麼疼梓穎，的確有可能還留著啊。」

「好，那我來找找看吧！」

Karl 捲起衣袖舉高雙手，把架子上用木框裱好的巨大畫作一一拿下來，翻看年份。隨著他的動作，肉眼可見的厚厚灰塵紛紛揚起，掉到他的頭上、身上。這份傻勁，還真像在畫畫時把自己弄得滿身顏料的梓穎呢。

看他那麼努力，我也翻起了下層的雜物。不意外的，還是一幅幅裝裱好的畫作。灰塵和霉味撲面而來，我邊咳邊找，進度緩慢。

「我找到了！瀠，你看看！這個應該是吧？」

Karl 把一個報紙大小的木框搬下來，裡面的畫竟然畫滿了墳墓。我一眼認出：

「啊！這是他中三暑假時畫的《擠擁》！」

看著那用色粉嫩的墓景，我就想起他氣鼓鼓的樣子——

**「你啊，每天就在隔壁彈那些軟綿綿的東西，那些聽起來就很夢幻的東西，實在很影響人啊！我聽著聽著，差點就用粉紅色在墳墓上畫條彩虹了！」**

又酸又甜的懷念如怒濤來襲，我卻突然感到一絲疑惑：「咦？Karl，等一下——你怎麼知道這是梓穎畫的？」

他愣了愣，翻過畫背：「這裡有簽……呃，有年份……」

畫布背面，梓穎的簽名就跟鬼畫符一樣，不過旁邊那個六年前的日期倒是寫得挺工整。

看到日期就猜出來了？也太神了吧？

難道，真的不是因為既視感嗎？

「Karl，你是不是想起甚麼了？」

「沒，還沒有……我先把放在一起的幾幅畫都拿下來吧。」

他匆匆帶過話題，又攀扶著鐵架伸出手去。

不一會，一張、兩張、三張……曾幾何時梓穎在我面前畫過的畫，一一重現我的眼前。

「這是世界樹，即原初世界的樣子。但隨著它的分枝，選了不同的道路，就會出現不一樣的世界。每一片葉子都是一扇門，每一扇都通往不同的時空，每一扇門後面，又有不同的故事……」

「這條河流啊，是時間啦。那些倒在旁邊的石像，是人的記憶。啊，怎麼說好呢？因為河流只能一直往前，所以記憶就變成了石像，以固定的樣子一直留在那裡……」

看到每一張畫的瞬間，當初的情景就立刻在我腦海裡湧現。

他的眼神、說話的聲線、音調、揮動畫筆的小動作……

簡直就像，他仍在我身邊。

我自己都沒猜到，他說過的話，我竟然還記得那麼清楚。

一切，仍猶在昨日。

只是，六年時光令他的畫作都蒙上了塵。

明明久別重逢應該很高興，不知為何我胸口卻彷彿被甚麼塞住。

對了，一定是因為不忍心看到畫作被塵埃破壞。

我拿出紙巾，蹲下來輕輕掃走梓穎畫上的灰塵。隨著我的動作，顏料從灰塵裡重獲自由，回憶也變得更鮮艷奪目。

我的中學時代裡，我的回憶裡，我的人生當中，最耀眼的就是梓穎。

是他，令我沉悶的世界變成彩色。

好懷念這一切。

好希望他現在就在這裡。

好想他能跟我分享這段回憶，聽我說：「我真的很慶幸，能夠遇上你——」

突然，世界樹的樹幹上多了一滴水滴，沿著顏料那防水的紋理，緩緩向下流。我急忙用紙巾把它擦掉，另一滴卻又在旁邊的位置出現。

「不要，會弄壞的……」眼窩裡傳來熾熱的酸楚，我才發現自己莫名在流淚。我用手擦著眼睛，不讓眼淚繼續滴在梓穎辛苦畫出來的畫上。然而，淚水根本無法制止。

「瀠！沒事吧？」Karl 察覺到我的情況，立刻蹲在我身邊：「受傷了嗎？哪裡不舒服？」

我用手擋住臉，背向著他：「沒、沒事……大概是揚起的塵令我鼻敏感了吧。不用管我，你繼續……咦？」

某個溫熱的身體，突如其來擁住我。事出突然，我甚至忘記掙脫。

「對不起，瀠……對不起……」

他雙臂越抱越緊，我全身血液翻騰，頭腦和四肢卻完全僵硬。我不知道他為甚麼要道歉，我只知道，時間靜止了。

雜物室的塵埃都彷彿凝在半空似的寂靜，靜得似乎可以聽到，六年前我在隔壁音樂室彈的蕭邦《降E大調夜曲》。
無數片段在我腦中如走馬燈般重現，現在的，過去的——
闖進音樂室留下血掌印的瘋狂。
在新加坡美術館門廊下的凝望。
拉著我手腕帶著我跑出學校的衝勁。
在海邊漫天泡沫中述說自己失憶的憂鬱。
拿著畫筆看著畫布時的專注。
在 Legoland 畫畫的靦腆。
跟我搶素描本的緊張。
在機場突然現身的驚喜。
倚著欄杆仰望遠方天空的古怪神態。
在酒店聽我彈琴時的淚光。
跟我說要去留學時的開朗……

他的擁抱，遠比我想像中更溫暖。脖子上感覺到的，全是他溫熱而真實的氣息。

「真的對不起……都是我不好……」

「不，失憶的事，你也不想……」

他緊緊地抱住我，不讓我說下去：「是我不好……所以，從此以後，我……就讓我來保護你！」

我全身血液奔流，想說甚麼，卻咽喉發燙。

最後，只能抖震著伏在他的肩上，從他的體溫中感受這一刻的充實。

也許，我對失憶有太多無謂的想像。

我以為只要回到那環境中，Karl 就會想起一切。

我以為讓他看看以前畫的畫，Karl 就會變回梓穎。

但這一切，全都沒有發生。

美術室的雜物房裡，我伏在他的肩上哭了好久，卻連自己都不知道，自己究竟在哭甚麼。

只知道，Karl 的擁抱，令我的心跳起伏不已。

把梓穎的畫都抹乾淨之後，我們商議好下次正式跟 Mrs Lam 要回來，然後就收拾好一切離去。

離開美術室前，Karl 突然提議，難得穿上了校服，不如多拍幾張照片留念。於是，我們兩個就互相拍照，又一起在美術室和音樂室自拍。我明知道是不一樣的，卻又彷彿彌補了當年我跟梓穎沒拍過一張照片的遺憾。

回程坐巴士下山時，我猶豫良久，幾經掙扎，還是抑壓著心跳問他：「你……剛才……為甚麼要抱住我？」

他滿臉通紅，害羞得可愛：「我、我也說不上來……只是，那一刻就是……」說著樣子似乎有一絲愧疚。

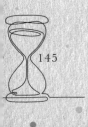

我心中一甜，把頭靠在他的肩上：「我累了，可以這樣休息一下嗎？」

「嗯，好啊……」

我們沒再聊天，但巴士下山的顫動，卻令我充滿安心的感覺。在半夢半醒之間，依稀聽到他的聲音：「瀠，無論之後發生甚麼事，我都陪著你。你放心吧。」

從學校回來之後，彷彿一直壓在心上的重擔突然卸下，我感到無比輕鬆。如果Karl能恢復記憶，那當然是最好。但即使不能恢復，就這樣下去……似乎也不錯。

我也不知道，現在我跟他究竟算甚麼關係。我們每天都會見見面，他說說畫廊的籌備情況，我又說說畢業創作的進度。當然，更少不了訴說我跟梓穎那些細碎又無處不在的記憶。Karl每次都會擠起一個複雜的微笑，靜靜聽我說。

有時從他的眼裡，我能察覺到一絲猶豫和掙扎，彷彿有些不能告訴我的煩惱。但我相信到了他可以說的時候自然會說出來，所以也沒有細問。

Isabelle說，她已經問過Jimmy，Karl在新加坡應該沒有女朋友。而且我們在新加坡幾天，Isabelle一直留意著，但都沒看見他要傳訊息給誰。

憑她的經驗，一切都進展順利，大可放心。

我只是笑。

之後幾天，Karl 在上環太平山街附近物色到一個地點不錯的店鋪。因為忙著向他爸爸和做藝術品買賣的 Uncle 詢問意見，我們暫時沒有見面，只在電話裡聊聊。

自從去過中學探校之後，我記憶裡那些遙遠的時光，紛紛活躍起來。

那短短一年的時間，卻彷彿佔了我記憶的全部。

那段時光，真的太美好了。

本來茫無頭緒的畢業創作，突然閃出靈感。一段段小節，在我腦海中不斷盤旋。反正 Karl 也忙著，於是我回到學校的琴室，專心準備畢業創作。一口氣做了兩、三小時，正要休息一下，才發現有十個 missed call。而且，打來的人竟是阿暉。

我感到不安，連忙覆機。結果阿暉劈頭就說：「阿瀠，你不會正跟那個 Karl Ooi 在一起吧？」

「咦？沒有，他這幾天很忙。」

「那就好！你現在在哪裡？我們過來找你！很緊急的！」

他的聲音聽起來真的很緊張，於是我告訴他我在大學琴室。半小時後，阿暉跟 Isabelle 已經來到琴室門口。

Isabelle一臉不爽：「好了，現在阿瀠也在囉。阿暉，你究竟想搞甚麼啊？一直說很急很急，問你甚麼事又不說！」

「我們去canteen坐下邊吃邊——」

「不要！阿瀠也在，你先在這裡說清楚是甚麼事？不然我不會再浪費時間了！」

Isabelle生氣地甩開阿暉，阿暉無奈屈服。

我們一行三人走到旁邊的閒置課室圍圈坐下，阿暉拿出手機，打開社交媒體：

「阿Belle，這是你的帳戶對吧？」

Isabelle瞄瞄那張在陽光中挽著頭髮的側影自拍照：「對，那又怎樣？」

阿暉一輪操作，然後再把手機放到我們面前：「那你解釋一下，這個留言是怎麼回事？」

我湊近一看，那是Karl和Jimmy的照片，背景是上環半山一帶。就如Karl所說，他幾個月前來過香港一次，應該就是那時拍下的。

照片下方，Isabelle留言：「So much fun!」

Isabelle皺皺眉：「這有甚麼啊？就一個留言啦。」

「你看日期啊！Karl上傳照片的時間是四個月前，那時我們還沒去新加坡呢。你已經認識他了？」

阿暉咄咄逼人，Isabelle 盤起雙手：「我完全不明白你想表達甚麼耶！」

「我是說，在去新加坡之前，Karl Ooi 已經認識你了！他根本超級可疑啊！自稱失憶就算了，卻又一直不當一回事，心安理得地生活。然後遇到阿瀠，就突然說甚麼要追尋記憶，跑來香港。」

我無法再沉默：「因為他說，遇到我之後就有點頭緒……」

「這樣才可疑啊。我就當他是突然開竅，但他能證明自己就是你認識的那個人嗎？胎記？指紋？瞳孔？DNA？」

Isabelle 冷眼盯住阿暉，毫不客氣地截住他：「夠了！你這樣嫉妒 Karl，只會令自己更難看啊。」

「甚、甚麼嫉妒……我是想讓你們清醒一點！」阿暉漲紅著臉。

Isabelle 只是搖頭：「我知道你很不忿，覺得他莫名其妙地接近阿瀠。但他就是長得跟阿瀠的初戀情人一模一樣啊！你接受現實好不好？」

「現在整容技術這麼發達，要長得像有甚麼難？難道你們從沒懷疑，他一直計算著你們嗎？」

Isabelle 冷笑：「計算？就因為我這個留言？」

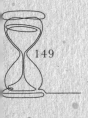

「對啊。從他接近 Jimmy 開始就——」

「為了甚麼？我們又不是有錢人。」Isabelle 啐道。

「那個……總之，他一定另有所圖……」阿暉語塞了。

「你看太多偵探片了？我就是在 Jimmy 的社交媒體看到他們的合照，覺得 Karl 挺帥的，所以想去結識一下啊。這有甚麼大不了的嗎？」Isabelle 說到一半，又轉向我：「阿瀠你放心，當時 Karl 根本沒回覆我呢。後來我就漸漸忘了這事，我還有 plan ABCD 呢。」

我笑了，而阿暉還想強辯：「我只是想提醒你們，要小心一點——」

Isabelle 打斷他的話：「你才要小心一點！阿瀠在忙畢業作品呢，你想她畢不了業嗎？別拿這些有的沒的小事來煩她啊！」Isabelle 罵了阿暉一頓後，便扯著他走了。

「阿瀠！你真的，不能大意啦！」被拉到遠處的阿暉還不忘回頭喊。

阿暉還真的很討厭 Karl 呢。我不禁苦笑。

晚上從琴室回到家裡，我又想起一些中學時的瑣事，便打電話告訴 Karl。跟他聊了一陣，再問問他今天的情況。

「嗯，還不錯呢，應該會租下來。啊，對了，等我這邊的事完成之後，我想試試聯絡你學校的 Mrs Lam，求她把以前的畫還給我們。」

「好啊，就試試看吧。」我想了想，還是忍不住說：「今天阿暉發現，原來阿 Belle 早幾個月曾經在你的社交媒體留言。你知道這件事嗎？」

「早幾個月？不，那時我不認識她吧……」他的聲音聽起來相當困惑。我告訴他是哪張照片後，他才說：「還真的呢……哈，原來我跟你們這麼早就結緣了啊？」

「她說是看你帥，所以特地去留言的。」

Karl 先是笑，然後才緩緩解釋：「不過，我從來沒有跟她私下聯絡呢。你信我。」

「嗯，我信啊。」

他突然沉默下來。

自從去過中學之後，他偶然就會這樣。假如面對面的話，還會看到他眼神複雜，不知道在煩惱著些甚麼。

我想了想，還是按捺不住：「Karl，你……有甚麼煩惱嗎？」

「咦？怎麼這樣問？」

「只是有這種感覺吧，好像不斷在想事情似的。」
「啊，因為畫廊的事吧，挺多東西要準備的。」
「哦……失憶的事，已經沒在煩惱了嗎？」
他沉默良久，才笑了笑：「嗯，有你在，還好。只是——」
他突然又沉默下來，過了好一會才叫住我：「瀠……」
「是？」
「我說過，無論發生甚麼事，我都會陪著你的。」
他的話，令我滿臉通紅。還好他不在我面前，不會看到我害羞的模樣。
「嗯，我知道。」
「那就好……等我忙完之後，我們再見面吧。」
「好啊。哪天我家方便，我就找你上來看畫。」
「啊，還想再聽你彈琴呢。」
「呵呵，我會好好準備的。」
掛上電話，心中仍感覺暖洋洋。

沒問題的。畢竟跟他一起時，我總有很安心的感覺。

就跟當年待在梓穎身邊時那樣。

中四的秋天，梓穎不再讓我進入美術室之後，行為比以前更怪異了。

他無論小息、lunch time還是放學後，都總是躲在美術室裡。就算他偶然來音樂室，也只會要求我彈琴，然後就匆匆離去。

——把我當點唱機嗎？

我當然生氣，但想著他可能忙著畫畫參加重要的比賽，就沒再追究。

其實，我也有想過，他是不是討厭我了？是不是音樂室已經令他厭倦，無法給他靈感了？

這樣一想，心情就變得很難過。

明明沒人來騷擾我練琴是好事啊？為甚麼要難過？我也答不上來。

歲月在茫然和困惑當中流逝著。

這一天，梓穎同樣沒來找我。

我練完琴準備回家，步出音樂室，卻看到梓穎在音樂室和美術室之間靠牆站立。奇怪的是，他竟身穿整齊校服，臉上也沒有油彩。看到他這反常的樣子，我藏不住臉上笑意。

「你幹嘛啊？被 Mrs Lam 罰企嗎？」

「我今天狀態不好。」

說著，竟跟著我的腳步一同走下樓梯。

我已經有一段時間沒跟他一起放學了。想著他是不是刻意等我，害羞得說不出話。我們踏著微妙地一致的腳步，靜靜地步出校門，走到校外的坡道。這坡道地勢比較高，可以越過市區的大廈，遠眺夕陽西下的景色。

平日我們會直接走下山，分頭坐小巴、巴士回家。這次，他卻在坡道上停步，沐浴在橘色的斜照裡。

「喂。」

「喂甚麼？我有名字的。」

「瀠，你有甚麼煩惱嗎？」

「你說甚麼啊？」

「這兩天你的琴音，有點不一樣呢……雖然是同一首歌，但不像之前那麼夢幻，好像多了點雜質的感覺。」

他以溫柔的眼神凝望著我，我只能紅著臉躲開：「說、說甚麼啊？說得自己好像樂評人一樣。」

「我想知道啊，是甚麼影響了你？」

「才……才沒有呢！是你自己心情不好，所以才會覺得我的琴音不一樣啊。」

他低下頭看著自己雙手：「可能你說得對。」

「我說中了？你心情不好？」

「應該說是狀態不好吧……」

「你也會有狀態不好的時候？奇聞！」

他舉起右手，隨意扭著手腕放鬆肌肉：「我也是個普通人啊……明明已經那麼努力去畫了，但總覺得表現不出來。柏拉圖說美的理型只在天上，可是我覺得自己已經看到了，捉摸到了。完美，百分百的美。為甚麼自己畫出來的，卻沒有那份極致的感動？」

老實說，我真的聽不懂。

「你的意思是，就像聽到一首很好聽的歌，但自己彈不出來？」

「嗯……差不多吧。」

原來這才是他一直躲在美術室的原因。我鬆了一口氣：「多練習就可以了吧？」

「果然我還未夠道行啊！但是，不快一點的話……」他的聲音似是自言自語。

我看他一直扭著右手，便問：「你的手怎麼了？不會是受傷了吧？」

「嗯？沒有啊。只是一直緊握畫筆，有點累。」

「咦？你用右手畫畫的？」

「是啊，你也看過我畫畫吧？我從來沒用過左手。」

我回想一下，他所言非虛，不自覺笑了起來：「不是都說右腦控制感性思維，所以藝術家都是慣用左手的嗎？我一直以為，像你這樣的美術室怪人一定用左手。」

「說到藝術怪人，你自己不也用右手嗎？」

「我左右手都要一起彈琴啊！」

他輕拍我的頭，再細看自己雙手：「如果我也可以左右手同時畫畫就好了。時間，不多了啊……」

我看著他的側臉，陶然地想，如果時間可以走慢一點，那就好了。

Karl和我各自忙碌的日子，平淡又匆匆地過去。直到有一晚，媽媽說明早約了親戚喝茶。

機會難得，我連忙打電話給Karl：「藏在我家裡的那幅畫，你還想看嗎？明天我媽會出去呢，是個好機會！」

他的聲音有點緊張：「真、真的嗎？那……我來！」

第二天，我們約在家附近的地鐵站口等。將近一星期沒見，看到他暖洋洋笑臉的一刻，我的心情也開朗起來。

「好像很久沒見呢，明明只過了幾天而已。」

「我也覺得很久沒見啊。」他笑著伸出手，想摸我的頭髮。但伸到一半，又尷尷尬尬地縮回去：「對了，那幅畫的情況怎樣？」

「昨天用電筒照過衣櫃後的縫隙，還在那裡呢。」

「好，我一會去看看。如果真的搬不動，我再找師傅過來。」

他的臉容充滿幹勁。

本來我有點期待，一見面我們的關係就會踏出新一步。但現在看來，他彷彿還是有點猶豫不決。

究竟在猶豫甚麼呢？是因為畫廊的事未確定下來？因為失憶？還是……根本不想跟我再進一步？

他明明一次又一次對我說：**「無論發生甚麼事，我都會陪著你的。」**

在困惑中，我只希望當他看到那幅畫，就能勾起重要的記憶。

我帶著 Karl 回到家裡，正要打開門，背後突然聽到聲音：「哎呀，阿瀠，你不是要回學校麼？不是要準備畢業作品？你又偷懶，將來……哎喲喲喲？」

媽媽看見 Karl，總算靜了幾秒。

Karl 連忙打招呼：「Auntie，你好，我叫王嘉灃，今天來幫阿瀠搬點東西……」

「男朋友？」媽媽向我出擊，轉頭又安裝好雷射眼上下打量 Karl：「咦？我是不是以前見過你……？」

「等、等一下！」我阻止她說下去：「媽，你不是約了親戚喝茶嗎？」

「唉，別提了！三嬸剛才扭到腳，臨時取消！」說起不快事，媽媽再沒心情理我：「算了！你跟男朋友自便吧，我去追劇休息一下！」說罷，就逕自走進房裡。

我對 Karl 苦笑：「抱歉，我媽個性就是這樣，不太好相處。」

「唔……我覺得，她好像挺關心你的。」

「我倒希望她能多聽聽我怎麼想啊……」說著，我帶他到房間裡，指著那個大衣櫃：「畫就在這後面。不過，衣櫃裡還塞滿了裝修時的大紙箱。我媽一直說很忙很忙，還沒時間收拾，我也不知道都是些甚麼。」

Karl 先視察一下四周，再打開櫃門：「嘩，塞得很滿呢！」

「我試過搬，但實在太重……」

「沒關係，我來試試吧。這櫃子看來也沒有釘在地上，只要稍為移開一點，應該就能把畫搬出來了。」

他送我一個微笑，然後捲起衣袖，手腳靈活地把紙箱一個個搬出來。他的動作太俐落，讓我覺得有點不協調。

梓穎的話，應該不可能這麼敏捷吧——

不對不對，他失憶都已經是四年前的事了。四年的時間，完全足夠一個文弱畫家變成運動型才是。

在我想著這些事時，Karl已經把紙箱全搬到客廳了。媽媽聽到聲音，開門望了我們幾眼，又嘮叨我們一定要收拾好。

我安撫了她好一陣，回到自己房間的時候，發現Karl正站在衣櫃旁，牢牢盯著衣櫃後的縫隙，一動不動。

「還好吧？你好像很苦惱——」我本想笑著給他打打氣，但話說到一半，卻說不下去。

Karl一臉悲傷，眼中正泛著淚光。投到縫隙裡的目光，彷彿飄到很遠很遠。

我心頭一緊，連忙走過去拉拉他的手臂：「喂？還好吧？」

「嗯……」他艱難地點點頭，用餘光掃過我，但馬上又把視線轉回去。

我跟著他的目光看去，《天使的微笑》還掛在牆上，完好無缺。只是蒙了塵，顏色比記憶中灰暗了點。

看著它，多少記憶的片段紛紛從腦中甦醒。

「這幅畫，你花了好長時間畫呢。」我把頭靠在他的肩上，低聲說：「還記得嗎？那時你都不讓我進美術室，要自己偷偷地畫。」

「嗯，是吧。畢竟是最重要的……《天使的微笑》啊……」

我突然覺得哪裡怪怪的。

——我曾經說過，這幅畫的名字叫《天使的微笑》嗎？

「那個……Karl，你是不是想起甚麼了？記憶，恢復了？」

「咦？啊，我……抱歉，我想先沉澱一下，不好意思……」他的眼神游離，表情也不太自然：「對、對了，我……我想試試把櫃子拉出一點，可以嗎？」

我同意了，兩人合力把櫃子移開兩寸。窗邊的日光映到畫上，讓我們看得更清楚。

畫裡，長著美麗白色羽翼的天使正躍然於一片溫暖明亮的雲彩之中。她的翅膀正要啟開，準備往天空飛翔。羽毛和光芒溫柔地從在她的身邊飄開，彷彿四散的希望滲透了整張畫布。

天使的頭髮和翅膀都用厚厚的膠彩畫上紋理。一縷縷的頭髮，翅膀上一片片輕盈的羽毛，都閃著晶瑩的光。唯有天使那張臉，只有一層薄薄的膠彩，顯得那麼扁平。

對了，它叫《天使的微笑》，卻沒有表情。

以前我就曾對梓穎抱怨，天使根本沒有臉，叫甚麼微笑啊？真是一個怪人。

Karl深深地凝視著畫裡的天使良久，呼吸聲漸覺沉重：「灤……我可以摸摸它嗎？」

這話令我有點猶豫，卻還是擠起笑臉：「當然啊，你以前說上過防水層的。」

他點點頭，慢慢伸出左手指尖輕輕撫過天使的臉龐。不知是否把灰塵掃掉的關係，天使的臉竟似亮了起來。

他那渾然忘我的表情，比剛才更奇怪了。彷彿靈魂早已飄到遠方，只要我一轉過身，他就會連肉體一起消失。

我很想跟他說說話，便問：「對了，有件事我想知道很久了。你覺得天使會有怎樣的表情？雖然說是微笑啦，但我想，她應該會是以堅定的眼神遙望遠方，準備高飛那樣……」

「嗯，我想……應該不是的吧。」

「那應該是怎樣？」

「唔……」他以凜然的眼神專注地盯著畫，不再回答。我越來越擔心了：「Karl，怎樣？想到了甚麼嗎？跟我說一說吧？」

他回過頭，向我勉力一笑：「啊，抱歉，一時失神了。這畫真的畫得很好呢，構圖、色彩、質感、動感……的確是，他的代表作吧。」

「他？」

「啊……我的意思是，現在的我根本不可能畫出來。」他的笑容變得更苦澀。

原來是這原因？他變得這麼奇怪，是受到作品衝擊了嗎？

我連忙安慰他：「別、別這麼說啦。假如你的記憶回來了，這些技術啊美感啊自然就會——」

「瀠……」

他截斷了我的話，深深地凝視著我。他的眼神裡，是深刻的感情和盼望，還夾雜幾分內疚。他剛剛摸過《天使的微笑》那雙手，想伸到我的臉前，卻又在最後一刻放下。

「我……我一直想著，究竟要怎樣……才能最完美地解決這件事。但可能根本就——」他深深地吸了一口氣，彷彿下定決心：「我想把《天使的微笑》拿回去……回去修理一下。我把它送回來的時候，也會給你一個答案。這樣可以嗎？」

老實說，我完全不懂他究竟在說甚麼。

但看到他一臉痛苦的表情，我本能就點頭。

Karl彷彿鬆了一口氣，還露出一絲笑容，說了句謝謝，便走過去推開衣櫃。

我在旁邊看著，腦中卻不斷想——

他說的完美地解決這件事，究竟是甚麼？

要把《天使的微笑》帶走，就是說，他終於想把臉畫回去了嗎？

莫非在這幾天之間，他的記憶恢復了？他的技術也恢復了？

我看著他搬動衣櫃的背影，編織著一個個美夢。

他回來了，他想起來了，他記得怎樣畫畫了，我們可以像以前那樣，一邊彈著琴，一邊把《天使的微笑》畫好……

衣櫃實在太重，Karl停下來深深吸一口氣，擦了擦汗，再捲起了衣袖——

「咦？」我全身一震。

「怎麼了？」Karl回望我一眼。

「沒、沒事，對了，你能出來一下嗎？我想，先在客廳裡移出一條通道比較好。」

他順勢走出客廳。

這時，我看得更清楚了。

沒有。

他捲起衣袖露出的右臂皮膚一片平滑，連半條疤痕都沒有。我以為自己記錯了，連忙走到另一邊，窺視他左邊的手臂。

還是甚麼都沒有。

他沒有梓穎的疤痕。

完全沒有。

——那代表甚麼？

我不禁嘴唇發冷，全身血液倒流，心臟噗通噗通地亂跳。

「等等……」我的肩膀抖震起來：「還是……先別搬……」

「啊？」

「抱歉……我突然不太舒服……我想，這畫還是先放在我家裡吧……」說出話來，才發現自己連聲線都在發抖。

Karl終於察覺到不對勁，走來扶著我雙臂：「還好吧？你臉色好差！要不要帶你去看醫生？」

「不……只是太累了，想好好睡一下。」

「那我留下來陪你——」Karl一臉緊張，我反而覺得陌生，只能別過臉：「不，不用。我媽也在家……」

「那，好吧。你先在梳化休息一下，我把你房間還完。」也不等我答應，Karl便去敲了我媽的房門，叫她先看顧著我。

「哎呀，都叫你少熬夜啊！是不是？又不聽我說！」我媽一邊嘮叨著，一邊把我扶去她的床上。

我低聲叫她去看著Karl把東西還完，必定要把畫留在我的房裡，不能搬走。她雖然不明白，卻也答應了，然後走出客廳。

房門關上後，我合上眼睛，由新加坡開始發生的往事在腦裡轉個不停。

**「你……你怎麼，來了……」**

**「真抱歉，昨晚美術館都關門了。燈光太暗，我一時把阿瀠小姐錯認成其他人……」**

**「……因為我……我……沒有十八歲之前的記憶。但一見到你，我心裡就有種異**

**樣的感覺……」**

**「啊，對了，如果你手上有他的畫的話——」**

**「咦？我還以為是油畫或者膠彩畫……如果方便的話，我能不能去你家裡看？」**

然後在美術室的雜物房裡，他一眼就認出了梓穎的畫。

**「我找到了！瀠，你看看！這個應該是吧？」**

**「這裡有簽……呃，有年份……」**

還有，當《天使的微笑》終於重見天日時，他注視的眼神在我腦內揮之不去。

**「這畫真的畫得很好呢，構圖、色彩、質感、動感……的確是，他的代表作吧……」**

我躲在被子裡，明明不覺得冷，身體卻還是不停抖擻。

# 你是我心裡最深的秘密

## ❹ 你是我心裡最深的秘密

我覺得天才這類人物，從另一角度去看，都是些怪人。

據說莫扎特就是因為喜歡模仿貓叫，才會創作出 The Cat Duet；又聽說一個叫康德的哲學家，每天都維持著一模一樣的生活，被鄰居當成是報時系統。

也許，他們都全神貫注在自己喜歡的事情上，才會對身邊的其他事情都蠻不在乎吧。

在這角度看，我覺得梓穎也可以算是一個天才。

只要在畫畫的時候，他可以甚麼都不顧——衣服髒了不管，自己的髮型不管，同學之間的流言蜚語、對他的評頭品足，更是進不了他的耳裡。

我曾經問過他：「同學們會不會覺得你很奇怪？」

他滿臉陽光地笑笑：「奇怪？會嗎？我覺得我很普通啊！」

他就是這樣的人。

其實從初次見面時他在音樂室門上留個七色血掌印，我就已經很了解。

在禁止我進入美術室之後差不多一個月，大概就是隆冬正式來臨的時候，他突然在走廊叫住我，約我放學後去美術室。

那天，是我第一次看到《天使的微笑》，也是第一次知道他要去留學的事。

當時，他彷彿有點害羞地看著他筆下的天使：「瀠，請你不要忘記我——」

我點點頭，心跳不知為何急得要命：「笨蛋嗎？你人這麼奇怪，誰能忘記你啊？」

說完這兩句話，我們兩人都沉默了好久，好久。

只有在夕陽光下輕舞的微塵，訴說著時間的流動。

現在想來，也覺得很不可思議。這明明只是很普通的兩句話，但不知為何，當時的我們卻煞有介事，而且感到渾身不自在，彷彿我們說了甚麼很不得了的東西。

到底是甚麼不得了的東西？我又說不上來，只知道自己突然臉紅耳熱，沒有勇氣面對他。

我微微低著頭，悄悄抬起眼睛去偷看他，他也始終側著頭望向畫布。在我不知第幾次偷望他時，發現他斜著眼睛瞄我。

就在四目交投的瞬間，我們兩人同時笑出聲來。笑著笑著，尷尬的氣氛終於緩和下來。

我看著《天使的微笑》，突然想到一個問題：「對了，這麼大的一幅畫，我要怎樣搬走？」

他愕然地笑了笑：「咦？」

「你該不會……」

「我真的想沒想過啊。」

我差點慘叫：「不是吧？」

「我買來了畫布，弄好畫框，就開始畫了呀。要怎麼搬走這問題，我真的沒有想過……」

這種沒有常識的想法，的確很有梓穎的個性。我有點無奈：「那你之前的畫呢？畫好之後都怎樣搬的？」

他搔搔頭：「都不用搬啊，畫好了就放在學校，或者 Mrs Lam 會幫我送去參加比賽。」

「一次都沒有搬回家？」

「搬回家幹甚麼？」



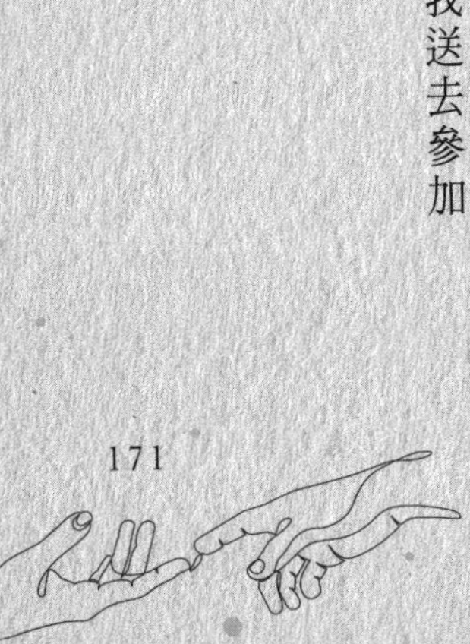

我看著那張差不多跟我一樣高的畫，只覺得無從入手。想了想，又問：「那麼Mrs Lam怎樣把你的畫送去參賽？」

「好像叫校工運送吧？」

「叫的士？」

「我覺得學校不會付那麼多錢啊。」

「人手？搬得動嗎？」

「啊，我以前畫的都沒有這麼大啦。這次突然想要畫大一點……」

我嘆了口氣：「那怎麼辦才好？又沒理由把畫布拆下來……」

我看著那幅很有分量的畫，凝神想了想。如果把它拆下來要傷到畫作，我實在不捨得。

想著，我不知哪來的信心，走到畫架的前方，想試試捧起那幅畫。

「啊！小心！」

我還沒搞清楚發生了甚麼事，不知道自己撞到甚麼，只見四周已經亂成一團。幾樣東西掉到了地上，發出巨大的撞擊聲，還揚起了不少塵土。

而我本人則被一股衝力撞開，退後了幾步，一屁股跌坐在地上。

「呼……還真危險……」

我還沒弄清楚狀況，蹲在地上的梓穎用背部撐住《天使的微笑》緩緩爬起來，把畫靠牆放好，然後跑過來扶起我。

「瀠，沒事吧？」

我站起來，看著畫架橫七豎八亂糟糟的，整個人被後悔淹沒，一時之間說不出話。

他馬上展露溫暖的笑容：「你沒事就好了。這美術室機關很多，到處都是陷阱呢。」

「對、對不起……那幅畫沒事吧？」說著，我走到《天使的微笑》跟前。還好，沒有破損。天使的肌膚和翅膀，依然散發著光芒。

我鬆了一口氣，回頭正想跟梓穎說些甚麼，竟發現他右邊的袖子染了一點血紅：

「啊！你受傷了？」

他低頭一看，才發現自己的傷勢：「咦？難怪呢。剛才就覺得好像撞上了檯角，哈哈。」

他捲起白色的短袖，只見一個鮮血淋漓的傷口，直徑差不多三、四厘米長，落在小學時打防疫針的位置。而且，傷口上滿是不平滑的參差感。

我望望剛才撞到他的長桌，桌角邊緣的木質早已破損，簡直像刑具。剛才撞上去的時候肯定很痛，怎麼可能毫無自覺？

我緊張地拉著他的手臂：「我們快去保健室洗洗傷口吧！」

他連忙把袖口拉下來，蓋住傷口：「這點小事，不用吧。」

「發炎了的話，會留疤痕啊！」

他卻只是輕輕一笑：「那也好啊！就當是你留給我的紀念吧。」

我看著他的笑臉，心中隱隱作痛。他說得那麼輕鬆，說的卻是我們即將離別的事實。

當視線落在他衣袖上零星的血紅，我有點茫然——

如果疤痕可以長留在皮膚上；那麼，甚麼東西可以銘刻在心裡？

多麼傻的想法。

不過，兩個星期之後，他出發之前，那個傷口結了痂、又落了痂，然後真的出現了一道凹凸不平的疤痕。

為了保護我而留下的疤痕。

或者，我並不是茫無知覺的。

或者，我也早已發現了無數的破綻。

只不過，我不想承認。

那天我逃進媽媽的房間後，Karl獨自把畫抬了出來，然後把紙箱雜物還完。最後，《天使的微笑》沒被帶走，就靠在衣櫃門上。

我看著天使那張扁平的臉，彷彿能看到一個暖心的微笑。

即使，那微笑從來不曾存在過。

只是夢太美了，所以我們都不願意面對現實。

可惜，夢畢竟是要醒的——

在約好的地鐵站，阿暉舉起手跟我打招呼。看到我的臉時，卻臉色一變：「阿瀠，你還好吧？沒睡覺？」

我擦擦浮腫的眼袋：「嗯，我沒事的，謝謝你願意陪我。」



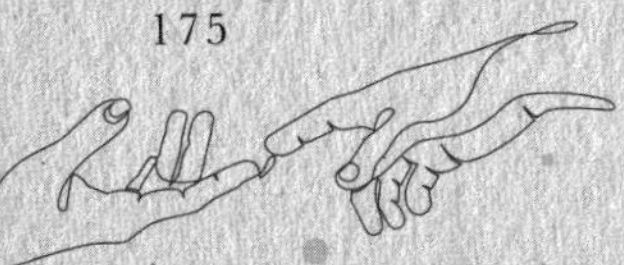

「找我一個來就可以了嗎？真的不用找阿 Belle 一起？」

「嗯，我覺得你面對這件事時，應該會比較理性。」

說著，我們開始步向預約好的咖啡店。

沉默良久之後，阿暉問：「那個……你不怪我多事嗎？」

「你是指？」

「一直針對著 Karl Ooi，老是煩著你們……之類的。」

我苦笑：「不，你是有道理的。對不起，之前沒有聽你說。」

他搖搖頭：「阿 Belle 對我解釋過，因為那一位——失去聯絡的那一位，對你來說太重要了。」

我心中一痛，他又說：「我的擔心在於，阿 Belle 太輕率，也太容易信人了……而且 Jimmy 是我找來的，假如發生甚麼事，我會內疚。哪怕只是讓你們留下不好的回憶，我也不想。我……不像 Karl Ooi 那麼會包裝自己，但我是真的很擔心你們。」

「如果……如果他接近我們是別有用心的話，你覺得，他是為了甚麼？」

「反正有些他想得到的東西吧？」

我想了想，又問：「當初，我們為甚麼會找 Jimmy 一起去旅行呢？」

大學這幾年，我跟 Isabelle 在 canteen 吃飯時，阿暉常常都會一起來，所以我跟他還算相熟。但 Jimmy 跟我，在新加坡旅行團之前卻沒甚麼交集。

「因為阿 Belle 說想去畢業旅行，但三個人不好租房，便叫我再找一個男生來，所以我找了同房的 Jimmy。阿 Belle 有時來我宿舍，跟他算是聊得來。」

「那 Jimmy 跟 Karl 很熟嗎？」

「這才是最伏的地方。他們並不熟啊，Karl 只是 Jimmy 爸爸生意伙伴的兒子。幾個月前，Jimmy 奉命招待他，在香港帶他玩了幾天。後來阿 Belle 想去新加坡嘛，還一直嚷著希望有當地人帶著玩，所以 Jimmy 才說他認識人。」阿暉苦笑：「你不覺得整件事太刻意嗎？阿 Belle 是不是看 Karl 帥，所以才吵著要去新加坡，還引導 Jimmy 找 Karl 來？你也知道啊，那丫頭從小到大都沒有看男人的眼光。中學時的男友，一個兩個都不成樣子……」

說話間，我們已到達目的地餐廳。剛進門，我就看見一個樣子有幾分像梓穎的 Uncle，正坐在某桌前。

阿暉詫異地望向我：「是他嗎？長得還真像啊。」

「嗯，他是我的同學——文梓穎的爸爸。我……我實在沒有勇氣一個人來見他，所以拜託你了。」

他點點頭：「都來到這裡了，你還在這麼說。對了！其實我也讓 Jimmy 向父親打聽 Karl Ooi 失憶的事，只是還沒有回音。」

原來如此，阿暉實在是一個行動派。

我們對望點頭，然後阿暉率先走過去向文 Uncle 打招呼。我抑壓著緊張情緒，也跟著阿暉過去問好。

這時我看清楚他的樣子，比起六年前，文 Uncle 頭髮花白不少，神情似是很疲勞。但見他身穿著整齊的恤衫，果真人如其名，有種文質彬彬的感覺。

他似是認出我，一再對我微笑。

寒暄過後，阿暉直入正題：「文 Uncle，我們這些同學很久沒有梓穎的消息了。他現在好嗎？」

文 Uncle 望望我們，眼神有點唏噓：「真謝謝你們想著他，他……嗯，這是他寄來的明信片。」

文 Uncle 從公文袋裡，拿出一疊珍藏的明信片。大概是常被翻看的關係，邊緣都有點殘舊。我一張一張翻著，都是隻字未書的鉛筆素描，畫著學校、宿舍房間、餐廳、圖書館、街道、雜貨店、河傍、咖啡室……就跟他寄到我家的一樣。

好懷念的感覺。

看著，不覺有點鼻酸。原來，這就是他獨特的家書嗎？

在我翻看的同時，阿暉問：「請問，你們有沒有打電話給他呢？」

「唔……時差，他會跟著師父去不同地方，又歐洲，又美國，又杜拜……而且他很忙呢，常日夜顛倒——反正我們也不敢打擾他就是。」文 Uncle 的眼神浮移，似乎有點心虛。

我想阿暉也看出來了，卻不動聲色：「原來如此，所以就只有這些明信片了。」

「咦？」

明信片看到一半，我突然注意到一件事，忍不住發出聲來。他們同時望向我：

「怎麼了嗎？」

「沒、沒事。其實我……我也收過他的明信片呢。」我壓抑著驚訝，拚命擠出笑臉，然後拿出手機，打開之前拍下的照片給文 Uncle 看。

文 Uncle 放大照片，仔細看了又看，緊繃的嘴角終於露出一絲笑意：「嗯，那小

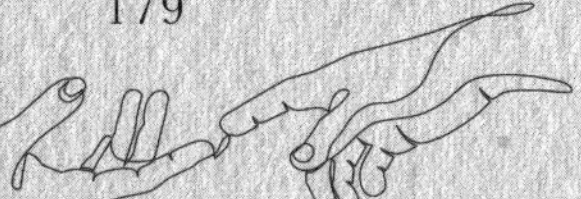

子真是的……都不肯好好寫個字啊。」

阿暉笑著點頭：「果然是個藝術家呢。」

「對了，這些照片能傳給我嗎？我想給梓穎媽媽看看，應該能讓她有精神幾天吧。」

面對文Uncle的要求，我根本無法拒絕，馬上就把照片傳給他：「如果不夠的話，下次我帶出來給你們看。」

「不用，不用，照片就夠了……」他內斂地笑著：「真謝謝你們，那麼想著梓穎的事。」

不知是否我的錯覺，他的眼角似乎有點淚光。我咽喉一熱，半句話都說不出來，只能一直點頭。

還是阿暉冷靜，趁機問：「對了，再請教你一件事。因為我最近在路上看到有個男生很像梓穎……請問他有兄弟嗎？或堂表兄弟？」

「他是獨子呢。堂表兄弟……大概沒有跟他年紀相當的吧。」文Uncle的表情更唏噓了。

我心底發冷，卻也只能硬擠出一個勉強的微笑。

彼此聊了一會，告別文 Uncle 之後，阿暉便送我回家。

千頭萬緒，此起彼落。

混亂和不安佔滿我的大腦，阿暉看我沉默，便問：「阿濚，還好吧？」

「嗯……」

「你跟文 Uncle 以前見過面？」

「當年去送機的時候見過一面。」我憶起從前：「當時送機的除了他父母，就只有我一個。梓穎媽媽坐著輪椅來的，身體不太好，但文 Uncle 當年還很有活力。猜不到六年時間，能令一個人這麼憔悴……」

「阿濚，你剛才看明信片的時候，是不是發現甚麼了？」

我胸口一痛，猶豫良久：「畫風變了。」

「畫風？」

「嗯。就像筆跡一樣，就算改變也不會這麼突然。那就像是另一個人的筆觸——啊，當然，也可能是刻意改變的。但我想不出理由。畫給父母的東西，為甚麼突然改變畫風呢？」

「甚麼時候的事？」

「四年前，剛好也是梓穎不再寄明信片給我的時候……」我的腦子亂成一團：「Karl 自稱失憶也是四年前——四年前，究竟發生了些甚麼事？」

阿暉的目光冷峻：「我更奇怪的是，假如他失憶了，那麼是誰繼續寄明信片到文家？我看到明信片有些郵戳是今年的。」

「全部都很奇怪……」我深深地嘆一口氣，在腦中想了許多，下定決心對阿暉說：「我不想再拖下去了。阿暉，可以請你再幫我一個忙嗎？」

記憶總是可以騙人的。而且，還能騙到一個心甘情願的地步。

告別阿暉之後，我走在熾熱得令人目眩的路上，幾次三番，都想把剛才的事當作沒發生過。

假如可以當自己不知道就好了。

假如我還可以單純地把 Karl 當作失憶之後的梓穎就好了。

然而，在我眼前的卻是最壞的結果。Karl Ooi 這個人，是為了梓穎的畫作而來。利用他跟梓穎相似的特質，想從我這裡騙走梓穎的畫。

當然，還有疑問。例如，他為甚麼會知道我手上有梓穎的畫？他怎麼能設計到我們去新加坡認識他？四年前失憶這個設定為甚麼能跟梓穎接上？

有太多太多的疑問，還沒法解決；而我，統統不想管。

我只知道，既然 Karl Ooi 要花費那麼多功夫來找梓穎的畫，也就是說，梓穎在外國已經發展得很好了吧？

——那就好了。

梓穎，一定很高興吧？

闔上眼，彷彿仍可看見當年梓穎自信滿滿的模樣。

電話又震動起來，不留情地打斷我的回憶。

來電的人，是 Karl。

我深呼吸了幾下，重整自己要說的話，按下接聽：「喂？」

「瀅！你終於聽電話了！」



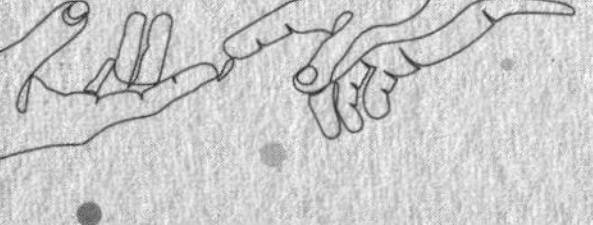

Karl 的聲音非常著急：「你沒事吧？為甚麼這幾天我都找不到你？我還特地去拜託 Jimmy 幫我問你的情況。」

不知為何，聽到他這樣說，我就很想流淚。

大概是因為謊言太美，要把它戳破，於心不忍。

我強裝平靜：「我、我沒事。」

「我下午去你家探你，好嗎？」

不行。

絕對不能讓他接近《天使的微笑》。

我心中計策已定：「下午……我想去一個地方。你可以陪我嗎？」

「好啊！我陪你！」他爽快答應，跟我約好時間地點。

剛掛斷電話，我就收到阿暉的訊息：「Jimmy 回覆了。他說——」

即使早已有心理準備，但每多看一個字，就覺得呼吸越是困難。我移開手機好幾次，才終於把訊息讀完。

沒辦法了。

來給這件事，一個了結吧。

我來到公園的歐式涼亭時，Karl已經在等。

沒問題的，阿暉也躲在一旁做保鑣。

我踏著沉重的腳步，直向Karl走去。

他伸出手來想碰我，但又不自然地放下，只露出複雜的笑容：「瀠，看你臉色還不太好呢。這樣就不要勉強出來啊。」

我不敢看見他那張臉，只能悄悄別開：「我想見你。」

他臉一紅：「那、那我去你家裡也可以啊，病人就不要到處跑。」

我信步走了起來，他緊跟在旁邊，似想扶住我，但又猶豫不決。

為甚麼呢？Karl Ooi的一切行動，為甚麼都這麼自相矛盾呢？不過，騙子的言行，都不應該深究。

我努力抑制自己，不要再去想。



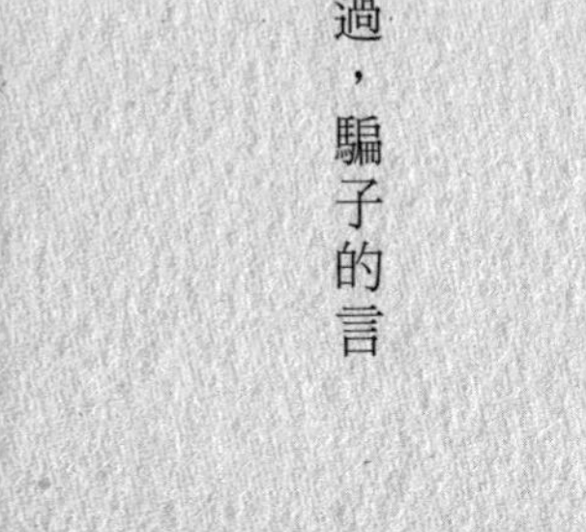

我們沿著人工湖走著，看水鳥在池面飛來飛去。陽光和鳥鳴，一片悠閒的氣氛，與我繃緊的情緒形成強烈對比。

Karl似是感覺不到我的緊張，仍一臉溫暖的微笑：「這公園真不錯呢，很舒服。」

「有勾起你甚麼回憶嗎？」

「那個，就……是不是來過這裡寫生？」

我別開臉：「嗯，有吧。」

「真好呢。」他的笑容複雜：「如果，我還能畫畫就好了。幫你在這裡畫一張寫生，一定很美。」

在夏日的艷陽裡，一陣風吹過，他飛揚的髮絲像夢一樣透著光。

我的眼眶不爭氣地發熱起來。

這個夢真的好美，美得令人不忍心去破壞。然而——

「Karl。」

「嗯？」

「你能扮一扮寫生的樣子，給我看看嗎？」

「咦？這……難度好像很高啊……」他一臉尷尬，卻還是裝出右手拿著畫簿，左手舉起筆的模樣：「這樣嗎？」

我忍著心痛，輕聲問：「有想起甚麼嗎？」

「可能……依稀有點類似的畫面。」

我輕聲打斷他：「你……一直都用左手？」

「咦？是的，怎麼了嗎？」

我垂下頭，深深吸一口氣：「是假的。我從來沒跟梓穎來過這裡……」

「哎？」他的動作凝住：「濚……你，怎麼了嗎？」

他一臉緊張地靠近我，我退後一步避開。

他顯得困惑，卻還是撐起笑臉：「不如，我們先好好聊聊——」

「不。我不想再聽你胡說了。」

我深深吸一口氣，凝視著他的臉。

明明已經在心裡練習過千百次，但真正說出口的時候，聲音卻還是抖得要命：

「Karl Ooi，你……並不是文梓穎……」

Karl 先是驚訝，隨之而來卻一臉悲傷：「你聽我——」

我凝視著那張臉，打斷他的辯解：「梓穎一直都用右手的，而你是左手……」

「……」

「他的手臂上，有一條疤痕是為了我而留下的……你卻沒有。」

「……」

他沉默了，只以痛苦的眼神凝視我。

我深深吸一口氣：「還有……Jimmy 幫忙向他爸爸打聽過了。沒人聽說過你失憶的事，包括你父母。」

天空裡突然有片雲擋住陽光，使他的臉上蒙上了陰影。

一瞬間，我彷彿又看到那張令人熟悉的臉。就如我回憶中，無數個在美術室和音樂室度過的下午。而那雙憂心忡忡的眼睛，始終停留在我臉上。

我甩甩頭避開他的目光，眼淚在眼眶裡打轉：「我不知道你怎樣發現我擁有文梓穎的畫，但是你會花這麼多功夫去騙我……騙我把畫、把他的畫交出來……」我明明想裝得很冷靜，呼吸卻完全亂掉：「那代表……梓穎、文梓穎的畫……現在、應該蠻值錢的吧。謝謝你，告訴我這點——」

「真是，明明就只差一點啊……」Karl突然截斷我的話。他的眼裡，滿是悲傷和不甘：「我一直想，只要把最後一步走完──」

「你……你承認了？」話說出來，才發現自己的聲音在抖震。不，從肩膀到後背、到大腿──我全身都在發抖：「你、你承認了，你沒有失憶，你不是他……你……」

他深深吸一口氣，伸手拉住我的手臂：「瀠，你冷靜下來聽我說。我其實是──」

「不！我……我已經聽夠你的謊話了！」

我的眼淚不住地往下掉，Karl望見我的臉，完全呆住。我就趁這瞬間掙脫他的手，直跑出公園。

一直躲著暗中保護我的阿暉，看準時機追上來：「阿瀠，還好吧？不如、不如我送你回家？」

「不用，我想一個人靜一靜，今天……謝謝……」我低著頭，避開所有人的目光，急奔而去。

不知哪裡傳來鋼琴曲的樂聲，有點像梓穎第一次闖進音樂室時，我正在彈的蕭邦《降E大調夜曲》。在這鋼琴曲的包圍下，我支撐自己走到公園盡頭。

這種琴聲，似乎連接著我的某些特殊記憶。我彷彿可以感覺到脖子上傳來溫熱而真實的氣息——

**「是我不好……所以，從此以後，我……就讓我來保護你！」**

我甩甩頭，獨自穿過公園的出口。下午刺眼的陽光，令我雙眼發痛。跑出公園外，馬路上車子的熱氣撲面而來。在冷暖溫差的衝擊之下，我直到這刻才終於感覺到，自己的臉上不知由何時開始，已被淚水攻陷。

是傷心？難過？驚魂未定？還是不甘心被騙了？我自己都說不清。

我只知道——

梓穎的明信片，四年前就收不到了。

文 Uncle 收到的明信片，四年前開始畫風變了。

自稱四年前開始失憶的 Karl，承認自己是假貨。

真正的梓穎……不知道哪裡去了。

也許，哪裡都不在了。

我找不到他了。

大概從此以後，都無法再相遇了……

我拚命擦著眼睛，卻沒能使眼淚停住。留下的，只有越來越深的刺痛。

回憶裡，梓穎的笑臉如走馬燈般輪迴。在那當中，卻混進了一絲，異樣的記憶。

那是我跟 Karl 去學校那天，回程時我靠在他的肩上，他看著我，眼裡滿是複雜的困苦——

**「無論之後發生甚麼事，我都陪著你。你放心吧。」**

我甩甩頭，想驅走這些殘像。可是，他那苦澀的模樣卻像一根針似的，深深刺在我心裡。

就算明知是謊話，每當觸碰的時候，總是會痛。

錐心的痛。

梓穎從來就不是心思細密，算無遺策的那種人。有時我甚至覺得，他的眼裡，除了自己追尋的東西之外，甚麼都看不見。所以，沒有想過怎樣搬運《天使的微笑》也好，不知道自己受傷了也好，一切似乎都是正常的。



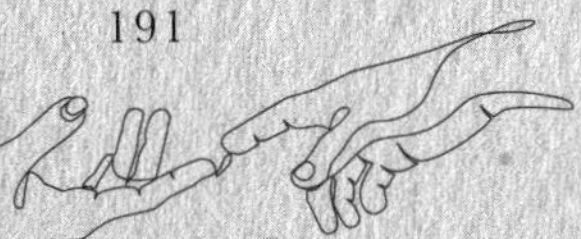

梓穎在美術室送我《天使的微笑》那天，是他退學之前一星期，出發之前兩星期。越接近他離港的日子，我越覺得不安。那種不安，就好像覺得他走了之後，我們從此永別。但我又很明白，這只是自己過慮。

就好像小孩子每次離開父母，都像經歷生離死別一樣。大概只因我本身朋友不多，也從沒試過跟最好的朋友相隔異地，才會有這麼幼稚的感覺。

自知時日無多，所以最後那個星期，我盡可能都待在美術室裡，靜靜地看著梓穎畫畫。他卻會把我趕走，在美術室那昏暗的斜陽中溫暖地笑著：「你快回去彈琴呀！不然我畫不出來了！」

我反唇相譏：「那你去到法國之後，要怎麼辦呢？」

他突然停下手中的畫筆，陷入深思：「對啊……我怎麼沒想過這問題？」

我哭笑不得：「你到底有沒有好好考慮過去到那邊之後的事啊？還有不到兩星期就出發了吧？」

他竟認真地點點頭：「當然有，所以我才想著最後這幾天，多在這裡畫點畫。」

「是畫來參賽的？還是？」

「沒甚麼特別目的吧。只是我真的很喜歡在這裡，聽著你的琴聲畫畫。我不想錯過這時光呢。其他的事，就等退學之後再想吧！」

這種個性，多麼讓我羨慕。

拖到他上課的 last day，他終於對我說：「今天，我們就把《天使的微笑》搬去你家吧！」

「搬？怎樣搬啊？」

「你家離學校不遠，坐車過去只需要 10 分鐘左右吧？我們有兩個人，肯定沒問題啦。」

看他早已把我算在搬運人手裡，我膽戰心驚：「說是那麼說……但這麼大的行李，不可以上巴士吧？」

「先試試看吧！不行的話再想辦法！」

他說得那麼輕鬆，結果，當然是上不了巴士。

當時我們還不知道可以叫客貨車，又想不出別的辦法，只能合力托著用泡沫紙包裝好的巨型畫作，緩慢地走下回家的斜路。

夕陽照在我們身上，熱得要命。我看著汗水沿著他的臉滑下，忍不住笑出聲來。

「咔嚓。」

他口中突然發出相機的聲音。我不禁問：「你說甚麼？」

他卻只是無憂無慮地笑著：「我剛才用眼睛把你的樣子拍下了。」

不知是否搬運得太辛苦的關係，我的臉熱得要命：「用眼睛拍下來？甚麼啊……」

「去到那邊之後，我就可以重新畫出來啦……」這句話說到一半，他卻別過了臉，用後腦的頭髮向著我。我不知道該怎麼回應，唯有默默地低著頭，看著地上的影子走路。

我們的影子，在斜路上拉得好長、好長。

因為畫實在不輕，而我們兩個都不是甚麼身壯力健的人，走幾步就小休一下，運送速度慢得要命。

一開始，我當然覺得越快回家把這重物扔下就越好；然而，走到路程的一半，我突然不想回家了。

於是每走幾步，我便說沒力氣了，然後停在公園的長椅或街道的轉角休息。

時間的流逝，卻從來不由我們的主觀意願控制。

路，始終會有盡頭。

差不多兩小時之後，我們總算把《天使的微笑》搬到我家樓下。當時天色已暗，梓穎把畫作放在地上，在路燈橙光之下伸手擦汗：「呼，原來真的這麼重。要幫你搬上去嗎？」

我想了想，家裡還有囉嗦的媽媽，連忙耍手：「不用了。也就乘個電梯而已，我自己沒問題呢。」

他點點頭，入神地注視著我的臉：「好吧。那麼，就送到這裡了……拜拜啦。」

他舉起手，與我道別。我也舉起了手，向他揮了揮：「拜拜……」

說完之後，我們卻還是站在原地，誰都沒有動。

「幹甚麼呢……」

他笑得有點調皮：「我擔心你搬不動啊！所以等你搬進去了，我再走吧。」

「不、不用啦。你先走了，我才會搬進去啊。」

如此爭論了幾句，他終於發現拗不過我：「好吧，那我先走了啊。拜拜！」

留下了一個微笑之後，他竟真的轉身就走。看著他的身影離開燈光沒入黑暗之中，我的心裡突然天翻地覆起來。



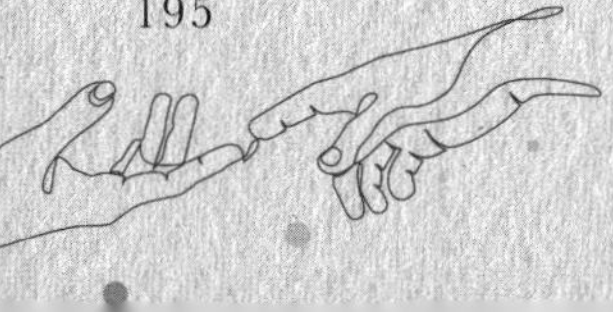

當時，也不知道自己怎麼想的，我張口就叫：「啊！梓穎！」

他回過頭來，雙眼反映著路燈的光輝，遙遙地望著我。

我扶著《天使的微笑》不能亂動，便提起聲音說：「飛機……你坐甚麼時間的飛機？我……我來送機！」

「好啊！」

他笑逐顏開，把雙手放在嘴邊，喊出了起飛時間。

「到時！我們再見吧！」

「一言為定啊！不見不散！」

我扶著沉甸甸的畫，遠遠望著他的背影，心裡期盼下次再見。

我做了一場夢。關於久別重逢的、很甜美的夢。

夢醒的時候，我睡房裡多了一幅從衣櫃背後拯救出來的《天使的微笑》。天使的臉上，依然是一片平坦。

甚麼都沒有改變。不過，這樣也沒甚麼不好吧？最起碼，我回憶中的美好，沒有受到半分玷污。

剛剛封鎖 Karl 的號碼時，他曾經轉了幾個號碼來找我。我都狠狠封鎖掉後，他似乎知道我不會再受騙，也隨之放棄。

我鬆了一口氣。

打電話去中學請 Miss Chan 幫忙找到 Mrs Lam，問她有沒有人去找她要梓穎的畫。她想都沒想，霸氣回應，沒有人可以動她的珍藏。雖然有點可惜，但細心一想，梓穎的畫留在那裡，也許正合適。

就像我回憶裡的他，總是留在美術室那樣，我想他也會為此感到高興。

隨著 Karl 的敗走，事情似乎落下帷幕。這應該是一件值得慶幸的事，我的心裡卻有一種異常的空虛感。就像從惡夢中醒來似的，滿身不舒服。

酒店 coffee shop 的兼職，我請假了。我說患了重感冒，暫時都不能上班。他們可能會直接換人吧，但沒所謂了。

我想集中精神先完成我的畢業創作。奇怪的是，事情明明都解決了，創作反而一點都不順利。

腦子裡的東西排山倒海亂七八糟，怎樣都塞不進五線譜裡。就算夜以繼日地盯著看，還是寫不出幾個有意義的音符。

茫無頭緒的時候，我只是呆呆坐在房間裡，望著床邊的巨大畫作——《天使的微笑》。

她還是像當年那樣，準備開啟翅膀，往天空飛翔。

羽毛和光芒溫柔地從她的身邊散開，如雪花般在畫布四周飄揚，給人充滿希望的感覺。她的身後，是一片片彩雲，看著彷彿可以感覺到無比溫暖。雖然看不見她的五官，但我仍然感覺得到，她正遙望遠方，臉上掛著堅毅的微笑。

唯有在看著這幅畫的時候，我的心能感到片刻的安詳。

梓穎在走之前，一定在這張畫上面塗上了甚麼特別的魔法吧？所以她才能一直保持著當年的模樣，沒有褪色。

我凝望天使在早晨時泛白的顏色、在傍晚時橙紅的顏色、在深夜時路燈微光的顏色，不禁喚了出聲：「梓穎，你的靈感究竟都是哪裡來的呢？如果也能分一點給我，多好。」

在如此輕易又微不足道地流逝的時間當中，感覺自己的重量也越來越輕。

直到那個中午，房門外傳來對話聲打破這份寧靜。

「哎，真是不好意思，還要你特地來找她。」

「Auntie，是我不好，我惹她生氣了。」

「再怎麼生氣也不能這樣，你說對不對？她一直這樣房門都不肯出，我多擔心自己養出一個家裡蹲。」

我後背一寒。媽媽的挑剔我早習慣了，問題是，那個跟她對話的人是誰？難道……

「喂！阿濴！你男朋友在樓下等你好多天了！我把他帶上來了，你好好跟他談一談啦！」

媽媽敲門大聲說，我差點尖叫：「媽！我沒有男朋友！那男人是個騙子啦！」

「不許這樣說人呢！人家阿 Karl 買了花和水果籃過來探你，還有一幅很大的畫！總不能一直讓人家站在樓下吧？你出來跟人家好好談談，我回房裡追劇了。」

天啊，我媽竟然這樣就被騙了……

Karl Ooi 輕力敲我的房門：「濴，之前的事很對不起。今天我來，是有很重要的話要——」

一聽到 Karl Ooi 的聲音，我打了個寒慄，連忙搬椅子頂住已上鎖的房門。

「我不想聽。」

「我也明白你可能不想聽我說，但是——」

「你走吧，不然我報警了。」

「我知道你不想見我，但是我……我把《最美的笑容》帶來了。」

聽到那組中文字，我腦中靈光一閃，慌忙拿起桌上的明信片。梓穎最後寄來的明信片上，畫了一個像是畫展的房間。裡面的三幅畫分別名為「橘色陽光」、「最美的笑容」和「夢」。

門外的 Karl 語調低沉：「你記得的，對吧？文梓穎寄給你的明信片裡，也提過這幅畫。」

「你為甚麼會——」我理清思緒：「不，不對！因為看過我的明信片，你才會隨便找張畫來，就說是梓穎畫的！」

門外傳來他的苦笑：「你還記不記得，在 Legoland 那時，我說過一句法文？當時你問我說的是甚麼意思。當時我說的，就是 la plus belle sourire……la plus belle sourire 就是這幅畫的名字，文梓穎把它翻譯成《最美的笑容》。」

「我又不懂法文，你要說甚麼都行啦。你走吧……我不會再信你了！」

他沉默幾秒：「如果你認為我隨便找幅畫來冒認，你看一眼不就知道了嗎？他的畫風，你不會認不出，對吧？」

我的心臟怦怦亂跳。作為一個騙子，Karl Ooi 真是很出色。

不過，剛才媽媽也作證，他帶了一幅畫來。即使他很大機會是騙我，我也想親眼看看，那幅畫究竟是不是梓穎的真跡……

我思前想後，最終握著檯燈傍身，把門打開一條縫：「畫呢？給我看看。」

「瀠，你還好吧？有沒有好好睡覺？」

Karl 看見我，臉上閃過一絲喜悅，但隨之而來又是滿滿的憂鬱。而且，他的臉容比之前疲憊多了。才幾天不見，他竟憔悴了不少。想來，我自己可能也差不多。

哼，我才不在意這騙子變成怎樣：「廢話少說，畫呢？」

「在那邊。」他指一指客廳的牆角：「你過去看看就知道了。」

從我這角度看，只看到畫背。不過畫背那個簽名，的確很像梓穎的鬼畫符。

我快步走過去，翻轉油畫的正面。

相遇的瞬間，我全身一震。

畫裡是我無比熟悉的風景——

坡道上，夕陽西下的雲彩，還有山下住宅區零星的燈光。

橘色的陽光裡，一個身穿校服的女孩正對著畫面。

她正捧著一件龐然大物，似乎相當吃力。

熟悉無比的畫風，連陽光、微風、鳥鳴、車子駛過的引擎聲都好像能用筆細細描繪下來。畫中最引人注目的是那女孩白色校服上的紋理、皮膚上的汗水、閃光的髮絲、帶著笑意的眼神，還有……

彷彿得到世上最珍貴的寶物般，無比快樂的笑容。

「這……為甚麼……」我捂著嘴巴，看著畫中彷彿從我記憶裡跳出來的一切一切，灼熱的眼窩裡湧起了淚水。

「la plus belle sourire，最美的笑容……他沒有改錯名字呢。對吧？」背後傳來Karl多餘的解釋。

我回過身來，緊緊地盯著仍站在我房門口的他：「他在哪裡？告訴我，他在哪裡？」

Karl的臉上，泛起了無比寂寞的笑容：「瀿……再一會，馬上就好了。只等我，完成最後這個任務……」

他一轉身竟走進我的房裡。

「喂——」

「砰」的一聲，他關上房門。

「喂！你……你個死騙子！」

我匆匆跑回頭，Karl 卻已經把門上鎖。

「砰砰砰！」

我的悲傷一下子轉為狂怒，瘋狂拍門：「出來啊！不要打《天使的微笑》主意啊！」

「抱歉，今天我非完成這件事不可。暫時，就用 la plus belle sourire 跟我交換一下，好嗎？拜託了。」Karl 一邊說，房間裡一邊傳來吵雜的碰撞聲。

我看看房門，又看看外邊那幅畫，一時不懂反應。

如果他為了騙走《天使的微笑》而來，又為甚麼要帶來這幅《最美的笑容》呢？《最美的笑容》無疑也是梓穎畫的，而且畫功比起《天使的微笑》更細膩、更出色了。

房間傳來吧嘰吧嘰的聲音，不知道 Karl 在拆甚麼。我深感不安，頹然貼著房門坐下。

「喂，Karl，告訴我……《最美的笑容》是甚麼時候畫的？他……他畫得好美。」

「是吧，我也覺得好美。呼呼……」他不知為何在喘氣，卻又解釋：「四年前，第一次見到她的時候，就已經覺得，她真的好美、好美……好像能把人的靈魂吸住。」

「所以，就是四年前畫的嗎？然後把明信片寄給我……」

「他……一定很想、很想讓你看見，所以才……才畫在明信片裡……」

「但明信片上只有個名字，我哪裡知道啊？」

他喘著氣輕笑：「他一定、一定是不好意思吧……反正這才是他的……風格啊。」

我再也壓不住心裡的疑問：「Karl，你認識他，對不對？他在哪裡呢？告訴我吧……」

他彷彿要迴避我的祈求，房裡只有沉寂。

「Karl……？」

「咔嚓。」房門打開一條縫。那雙陌生又熟悉的眼睛，從門縫裡面深深凝視著我：「瀠，你不是一直很想知道我是誰嗎？我現在……終於可以告訴你了。」

「不。我現在只想知道，他究竟怎麼了？」

他望著我的眼中帶著憐惜：「那麼，我要先請你回答一道問題——你，喜歡文梓穎吧？」

我的臉瞬間紅了起來：「你，突、突然說甚麼啊？」

「請你答我吧。之後，我就能全部都說出來了。」他的臉容，竟無比誠懇。難道這是新式騙案嗎？

但是，在看過《最美的笑容》後，我的大腦已經無法再冷靜：「就、就當是喜歡吧！好了，你快說吧！」

Karl竟笑出聲來：「哈，你們兩個啊，還真是一對口不對心的傲嬌啊。」

「這算甚麼啊……」

「還好，這段時間我都看得清清楚楚了。你絕對是超級喜歡他的，我……絕對不會看錯。」

他的眼神深深地凝望著我，換上一個無比寂寞的笑容：「那麼，重新自我介紹吧。灤，你好。我叫王嘉澧，Karl Ooi，是文梓穎派來送畫給你的……信差。」

在我的震驚中，Karl 開始述說他跟梓穎的故事——

十八歲那年，等上大學的時候，爸爸對我說：「你不是一直說想做畫的生意嗎？反正你放假，正好去跟陳 Uncle 看看藝術品買賣究竟有多難做！」

於是，我在法國住了一個月，每天都跟著陳 Uncle 在藝廊、畫室、藝術學校進進出出。就是在陳 Uncle 的藝廊裡，我第一次遇到那幅畫——la plus belle sourire。

我從小就對繪畫藝術很著迷，可惜自己毫無天分。自中學一年級起，我已常常去美術館流連，到了十八歲時，自問已具備一定眼光，也看過不少傑出的畫作。

la plus belle sourire 的構圖和技巧，其實仍有稚嫩的地方。然而，是筆法嗎？還是感情呢？總之，她有種令人難以形容的魔力。看見她的第一眼，我已經完全被她吸住，很想把靈魂鑽進畫裡去。

畫中少女滿是笑意的眼神，就像在注視著看畫的人一樣。那目光吸引著我，讓我一直站在那裡看，視線一直無法從這畫面上移開。有時陳 Uncle 還沒起床，我就自己跑到藝廊去，像個傻子似的看著那雙清澄的眼睛，緊盯著那個最美麗的笑容。

陳 Uncle 很快就發現了，還笑話我是不是對畫中少女一見鍾情。

我笑說，可能是吧。畢竟同一個畫家還有另外幾幅作品同時送來，都無法如此吸引我的目光。

過了幾天後，某個雨天從外邊做完跟班回來，卻發現 la plus belle sourire 消失了。畫能賣出本是好事，我卻異常空虛，便問店員買家是甚麼人。

結果店員竟然說，畫沒有賣出，是畫家要求把畫收回去的。他說送錯畫了，這張不賣。

陳 Uncle 相當不爽：「搞甚麼啊？那個徒弟仔真是！明明那張才是畫得最好的啊。Karl，他是香港人，你又會廣東話，就去勸一勸他吧！唔，說不定你們會挺投緣的呢。」

我惦記著畫裡那個笑容，便爽快答應。

陳 Uncle 介紹說，la plus belle sourire 的畫家是一位相熟畫家的徒弟，挺有才華的，還很年輕。這次是為了幫他籌措醫藥費，才答應幫他賣畫。

我記住了畫家的基本資料，就代表陳 Uncle 去醫院找他。走進病房的一刻，我馬



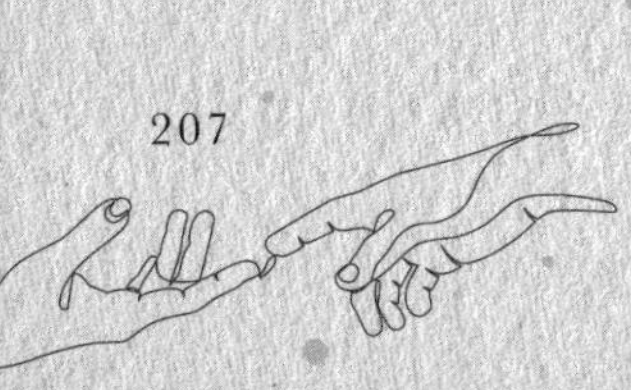

上注意到 la plus belle sourire 就在某張床邊。

文梓穎坐在半開的床簾裡，戴着耳筒低頭畫著甚麼。靠近一看，發現滿床滿地都是畫到一半的明信片。

他似乎畫得不太順手，畫到一半就推開，然後抬頭看到我。

視線相遇那一刻，我們同時愣住了。我終於明白陳 Uncle 為何說我們可能會投緣。

換我自己來說，我覺得自己長得不像他。眉眼確實有點相似，但鼻子和嘴巴、耳朵高低、髮線等等，不相近的地方更多。

然而，我們的品味相當接近。

我跟他聊了起來，說說自己喜歡的畫家、喜歡去的餐廳、喜歡白天還是黑夜、喜歡晴天還是雨天——簡直不可思議。從來沒想過，遠在他方竟有人跟我同步率那麼高。

聊了半天之後，我放膽問：「你的 la plus belle sourire，真的不賣嗎？」

他望望床邊的那張畫，臉上瞬間充滿 100% 溫柔：「不賣。至少，我想看著她直到最後的最後。」

最後的最後啊……

我心中一沉，深知這個話題要終結了。

他卻挑釁似的看著我，笑了：「難道你想說，你也跟我一樣愛著這幅畫嗎？」

「啊，沒……我大概沒你那麼喜歡。只不過，怎麼說呢，從畫商的角度看，真的是相當出色的一幅畫。如果我有畫廊，我會希望把她掛在自己的畫廊裡珍藏。」

「哦，是嗎？但你的眼神可沒那麼冷靜啊？」

我投降：「好吧好吧，我的確很喜歡這幅畫。但君子不奪人所好，所以就這樣好了。」

「那當然啊。我也不打算讓給你呢！」

他笑了。我也跟著笑了。

之後我一有時間，就去醫院看他。只要他精神不錯時，都會看到他忙著畫明信片。但他有時畫著畫著，就狂搔頭：「不行不行不行！畫來畫去都變成醫院了！怎麼畫？光看照片又畫不出來！」

於是我問他，這些明信片都要寄給誰呢？

他告訴我，因為他媽媽還在做化療，要保持樂觀開朗。跟他爸爸商量過後，他們認為保持希望是比較好的做法。

哪怕，只是虛假的希望。

「師父說，他可以找學生來幫忙啦，但是……唉，我家還算了，但她的話，一定一眼就能看出來啦。」

說著，他望了一眼床邊的 la plus belle sourire。我想，我知道他口中的「她」是誰。

「你真的不告訴她嗎？打個電話，聽聽她的聲音也好啊。」

我說完這句話，馬上就後悔自己太多口。因為，文梓穎異樣地沉默。畢竟他要孤獨面對一個成功率只有 50% 的手術，想必是很痛苦的事。

他曾開玩笑說：「我問過醫生呢。成功率只有 50%，不如不做算了吧？你猜醫生怎樣回答？他說，不做就 100% 死翹翹啦，哈哈哈！」

面對這種處境，我可笑不出來。

我不知道當他獨自一人的時候，是何種心情。但每次我去探望他，他都表現得很樂觀。

有次去探望文梓穎的時候，他突然對我說：「喂，王嘉澧，la plus belle sourire 你一定會好好收藏的，對不對？」

「突然說甚麼啊你——」

他說得雲淡風輕：「在我死翹翹之後，這畫送給你吧。不過呢，你要幫我做一件事。」

「喂，別說這種不吉利的——」

「你幫我去香港找她吧。」他完全沒聽我說，視線投到虛空中，嘴角帶著一抹微笑：「說不定，她已經忘記我了……但假如她仍記得我的話，我有一幅畫要送給她。那幅畫的半成品已經在她那裡了。我答應過，要回去給她畫完整的。」

「你給我等等。我又不會畫畫，這種事怎麼——」

「哈，這個你不用擔心，反正我有辦法。」

他笑了笑：「啊，不過呢，也不能就這樣送給她啊！假如她已經忘了我的話，那就讓她繼續原來的生活，不要提起我的事吧。就算我死了，我也希望在天上繼續看到她那樣的笑臉啊。」

說到這裡，他彷彿有點尷尬，帶著害羞：「我的意思是……假如、萬一、如果她仍想念我，有一點、一點、一點點喜歡我的話呢——」

再聽下去，只怕我要忍不住哭了。於是我截斷他：「喂！這麼複雜的事，我做不來啦！你努力給我好起來吧！好起來之後自己回香港去，把你的畫送給她！」

他望望我，只是無奈地笑一笑。



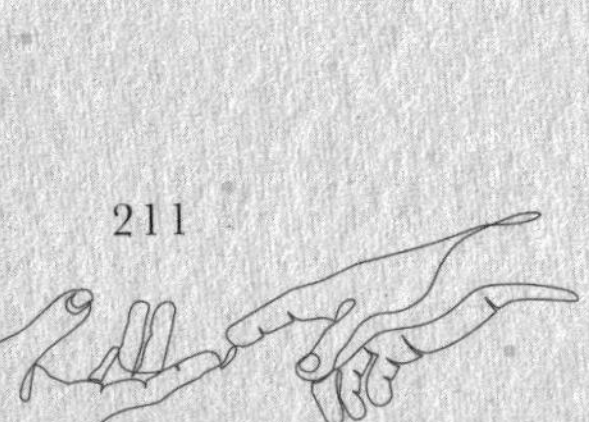

我覺得自己又說錯話了。

他當然是很想回去的啊。我究竟在說些甚麼呢？

那天晚上，他的情況突然轉差，手術的日子提前了。本來醫生說，手術過後半天他就會醒。但等了一天、兩天、一星期，他還是沒醒……

陷入昏迷的他被送回病房去，畫到一半的明信片和 la plus belle sourire，都在他的床邊陪著他。

我每天去跟他說：「起來吧，你還要回去香港啊！你要去把畫送給她啊！」但他一直只是睡，沉沉地睡。

兩星期後，我的大學要開學了，我回到了新加坡。之後幾年暑假，我都會去做陳 Uncle 的跟班，順道探望文梓穎。然而這幾年，奇跡一直沒有出現，他始終沒醒來。

今年年初的某天，我回到家裡，突然收到一個巨大的包裹。是陳 Uncle 寄來的。一打開，就看到 la plus belle sourire 那個攝人心魄的笑容。

我心中一痛。

幾年來一直陪在文梓穎身邊的 la plus belle sourire，就在包裹裡。陳 Uncle 表示文梓穎在沉睡中離開了，這是按他的遺願送出的。

此外，還有一封信，據說是文梓穎做手術前寫下。

我以為他會好好交代，結果，信裡只寫著一個陌生女生的姓名、電話和地址。此外，就是傢具組合說明書風格的圖像：

🖤⬇️🖼️🤲👩

💔⬇️👋

本來還在傷心的我，瞬間哭笑不得。

都來到這地步，還要我達成這些條件嗎？

這傢伙，也太會強人所難了吧？

雖然心裡抱怨，但既然是他的遺願，我也很想幫他完成。於是，我趁著 sem break 的時候，藉口要視察畫廊，跑來了香港一趟。

Jimmy 沒空陪我的時候，我就跟著那地址，獨個兒去到那女生家樓下的一間 cafe 等她——文梓穎的女主角。

我還以為，自己看過 la plus belle sourire 那麼多次，肯定能一眼把她認出來。

結果，我卻差點以為自己看錯。

文梓穎其實畫得很好，五官非常真似。但那位女主角跟文梓穎畫裡的她，完全不像同一個人。

她的氣質完全不一樣了，眼神總帶著憂鬱。我等了好幾天，見過她獨自或跟家人一同進出，但從來沒見她笑過。看見這樣的她，我始終鼓不起勇氣上前搭話。

這究竟要怎麼交代呢？

嗨，我是文梓穎派來的。他過身了，但你喜歡他嗎？喜歡的話，我有件遺物要送你——

太詭異了。我真的說不出口。

事情無法解決，學校又要開學，所以我逃回新加坡。就等之後再說吧，先好好想個辦法，下次才去完成這件事——我如此想著。

事情一直就這樣拖著，結果，那晚從美術館出來，那位女主角竟撞到了我的身上。

那一刻，我突然覺得，這一定是冥冥中的安排。

他在催我，快點完成這件事。

我心裡也很想完成他的託付，但每次見到女主角，我都沒來由地緊張。究竟要怎樣在不透露任何訊息的情況下，打聽她還記不記得文梓穎？喜不喜歡文梓穎？

我想來想去，都想不到一個好辦法。最後，竟順水推舟地，讓她認為我就是失憶之後的文梓穎本人。

我本來想，這樣也好吧。就以這身分，讓她多說說他們之間的往事。那麼，我就能判定，是否應該把畫送出——

我天真地執行著這件事。結果，我卻越聽越深陷她的回憶之中。

越深入，越覺得她真的很喜歡很喜歡文梓穎。

越了解，越無法告訴她真相。

越接觸，越是為她的念念不忘而心痛。

明知道不應該，但我，還是不能自制地投身到他們兩人的感情當中……

Karl說完自己的故事，臉上滿是淚水。

我也一樣，早已連視線都模糊：「我才……不信你……你只是、只是來騙走我的畫……」

他的目光，在悲傷中帶著無限溫柔：「有時我總覺得，你早就猜到答案了。你，只是不想承認吧？」

「不，你肯定是、是騙我的……」

我哭得很醜，他卻用指尖輕擦我臉上的淚：「那麼，灤，請讓我這個信差，來完成最後的工作吧。」

Karl伸出手扶起我，把我拉進房裡：「是文梓穎，讓我送這幅畫給你的——」

他走到已拆下釘子的《天使的微笑》前方，從畫背用力一拉。彷彿聽到撕裂的聲音，畫布被掀起了一角。

「啊——！」

在我的驚呼聲中，他雙手一提，整張畫布就此脫框而出。出現在我眼前的是，像魔術似的景象。

我捂住嘴，淚水毫不留情地滾滾而下。

Karl把《天使的微笑》的畫布拆走，但畫框上，仍有另一張畫布。

色彩斑斕的畫裡，天使揚起翅膀，正欲飛向遠方。天使的四周被羽毛和光芒包圍著，彷彿處處都是希望。

我認得，我絕對不會認錯。

那色彩、那構圖、那筆觸，分明就是《天使的微笑》。Karl 手裡的，和仍留在畫框上的，都是《天使的微笑》。唯一的分別是——

「天、天使……」我的喉嚨燙得幾乎發不出聲音。

畫框裡，天使舞動翅膀，身體躍然於半空，似乎準備飛到很遠很遠；然而，她卻回頭了。像一個活生生的人那樣回頭了。

她的眼神，晶瑩剔透，純真清澄，始終凝視著畫框外的我。她的嘴角弧度無可挑剔，正對著畫框外的人，流露著最真摯、最美麗的微笑。

——無比燦爛，又非常熟悉，是跟 la plus belle sourire 一模一樣的微笑。

Karl 輕摸著天使的臉龐，露出一抹笑意：「真不愧是他呢，畫得真好……啊，雖然比起後來的 la plus belle sourire 是稚嫩了點。但這個微笑，我會給 100 分。」

我鼻腔一酸，眼淚流得更狠，快要看不見眼前的東西了。

「你上次問過我，天使會有甚麼表情？是不是一直看著遠方？當時我就跟你說，應該不是那樣。」

眼前一切都變得亮晶晶。在一片矇矓中，我戀戀不捨地凝望天使。

原來，在同一個畫框裡釘著兩幅畫啊——表面是沒有臉的天使，內裡則是真正在

笑的天使。

所以，畫的名字才會叫《天使的微笑》。

梓穎大概早就準備好，等他回來的時候，在我眼前親自表演這魔術，然後取笑我：「一直都在眼前的東西，你怎麼都沒發現呢？」

不，正是因為一直在眼前，所以才不會發現到啊……

Karl輕輕摸著畫框的邊緣，彷彿放下心頭大石般，對著畫淺笑：「呼——真是漫長啊。但我終於完成你交給我的這個終極任務了……你啊，就只有畫畫好看，卻真是個笨蛋呢。誰都看得出來啦，她真的很喜歡你啊……真的真的是，很喜歡你。」

聽到他這麼說，我終於忍不住，「嗚」的一聲慟哭出來。

Karl輕輕摟住我，讓我靠在他肩上：「好好哭吧。我說過，我會陪著你的。」

我再也無法抑制自己的情緒，只能軟弱地倒在Karl的懷裡哆嗦著，彷彿要把這六年來所有思念、連同自己的生命都釋放殆盡那樣，放聲大哭起來。

梓穎乘坐的航班在上學時間起飛，如果我要送機，逃學是必需的。但我當時甚至沒考慮過這問題，只為還能多見他一次而高興莫名。

接下來那個星期，我爭分奪秒地準備送他的禮物。

我每天一下課就跑到學校的音樂室彈了又彈。晚上回家躺在床上也不睡，躲在被子裡偷偷低聲哼著，把想法抄在筆記裡。

再次見到梓穎，已經是在機場的離境大堂裡。當時，他已經辦好了登機手續，正跟父母一起坐在航空公司對出的椅子上。

那是我第一次見到他的父母。他的父親看上去比較普通，就只有眼神特別敏銳；而他的母親因為接受過化療的關係，低低戴著一頂漁夫帽，看上去憂心忡忡。

梓穎看到我，便笑著向我跑來。閒聊幾句之後，我遞出了我的禮物。

他好奇地接過，前前後後反覆看著：「古董 MP3 機？」

我點點頭，不知為何覺得害羞：「嗯，這個不用上網，電力又充足嘛……萬一你在那邊畫不出畫來，可以拿出來聽聽啊。平時你說的那些甚麼激昂的、詭異的、軟綿綿的……我全部都錄在裡面了。」

「是你自己彈的？」

「是、是啊……」

他的兩眼發光，如獲至寶似地捧著那小小的 MP3 機：「哇！好耶！那我肯定靈感源源不絕！謝謝你啊！」

看他那麼開心的樣子，我想這樣的禮物可能已經很足夠了，再多的話未免畫蛇添足，獻醜不如藏拙——但最後，我還是對他說：「其實，我還有份禮物給你的。不過這裡人太多……」

他的眼睛一亮，拉著我橫越機場，走到盡頭的玻璃天幕前：「這裡人少了吧？怎樣？你要送我甚麼？」

在他的注視下，我有點害羞地從背包裡拿出一台玩具似的電子琴：「嗯，怎麼說呢……一直以來我彈的都是別人的曲子，但你卻送了親手畫的《天使的微笑》給我。所以我在想，如果我也能作一首歌送給你的話……」

他的眼中滿溢喜悅：「送給我的歌？真的嗎？好期待啊！」

「請不要太期待吧……」我有點尷尬，卻還是拿著電子琴，彈了幾個開頭 chord。

這台電子琴的琴音跟鋼琴相比，無疑是單薄得多。至於自己編的旋律，我也不算太滿意。可是，在這最後關頭，我還能在他的面前彈出自己編的曲子，我已經覺得很滿足了。

如此彈了一陣，然後，就在他萬分期待之時，丟臉地說：「對不起，我昨晚已經不睡覺去想了，卻還是……想不到接下來要怎樣……」

沒想到，他的眼中卻滿是笑意，輕拍我的肩：「這樣正好啊！接下來的部分，等我回來的時候，你再送給我吧！到時，我把《天使的微笑》畫好送你，你也把你作好的歌送我，就這樣吧？」

我彷彿被他感染了似的笑了起來：「對啊，現在我只是幫你保管那幅畫呢！這樣正好！」

「是吧？那就一言為定了啊！」

「一言為定！」

我們並沒有打勾勾。因為我覺得，我們的約定，誰都不會忘記。

我肯定記得。

他也肯定記得。

說完這些話不久，他就進去禁區了。本來我還以為，至少他父親會陪他一起去，但原來他父親要留下來照顧他母親。

十六歲，他一個人出發，開展他自己的人生。

原來，他遠比我想像中的還要獨立。

這樣的他帶著明朗的笑容站在禁區前，跟我們揮手作別，然後轉身消失。

我並不知道，他的航班幾時起飛。只是，我又回到剛才彈琴給他聽的那個機場角落裡，一次又一次地重彈著我寫給他的歌。

在琴聲中，一架又一架飛機衝上雲霄，在雲彩之中遠去。

帶同他，和他的夢想一起，直到彼方。

# 終曲
# Finale

# Finale 終曲

在五線譜上寫下最後幾個小節，又從頭彈了幾遍之後，我踏出了大學的琴室。陽光出奇地明媚，我信步走到教授的辦公室，把裝著整份畢業創作的公文袋塞進收集箱裡。

聽到「噹」一聲掉落的聲音，心中莫名有點不捨。

這時，Isabelle 打電話來：「灤？還好吧？兩天沒睡有沒有頭暈？」

「還好啊，很精神。」

「那就好！過來阿暉的宿舍吧！我們都準備好了！」

「嗯，馬上來。」我努力地堆起笑臉回答。

那天，Karl 陪我哭了兩小時之後，我叫他先回去。待我冷靜下來，總有點不知該怎樣面對他。

然後，我打電話給 Isabelle 說出一切。說著，又再次哭了起來。

她馬上過來陪我，我重複地說著梓穎的事，六年前的事、四年前的事、今年的事——說了一整晚。

為甚麼他就沒有直接找我呢？

為甚麼他甚麼都不告訴我呢？

為甚麼，為甚麼，為甚麼，為甚麼——

到她累極入睡之後，我還是睡不著。

油畫、音符、顏色、夕陽……

無數段過去在我腦中盤旋著，卻找不到一個出口，只能等著滿溢或爆炸。

天還沒亮，我決定爬起來，坐車回去學校。一步出房門，就發現媽媽正站在我房門口，一臉憂心地盯住我。

我一愣，卻突然覺得有些話應該現在就說：「媽媽，我大學選科時沒有先跟你商量，對不起……」

她愣了愣，再嘆口氣：「裝修前沒跟你說，我也有錯……過兩天，我和你一起去挑一台二手鋼琴回來吧。」

「好，謝謝。那，我回學校做畢業創作了。」

「路上小心。」媽媽把我送出門口。

回到學校，我從清晨一直彈到下午，總算借助琴鍵，把心裡的想法全彈出來，變成了我的畢業創作。

——事情到這裡，應該告一段落了吧？

想著，我走進阿暉的宿舍房間。

「砰！」

「恭喜完成大作！」

他們竟然拉響花炮，然後拿出準備好的零食和汽水歡迎我。都大學畢業了，吃的還是跟小學畢業時一樣的東西啊。

但這種平凡的日常，還真是令人高興。

「真抱歉，都是因為我把 Karl 介紹給你認識……」Jimmy 首先道歉。

「不，就算沒有這件事，他早晚也會——」我正想叫他別介意，阿暉就搶著說：

「不不不，這完全是阿 Bella 的錯。看人家長得帥，就死活要去新加坡。」

Isabelle 紅著臉：「你先搞清楚！我才不是為了這種原因去見 Karl 的！」

「還不承認？你還在人家社交媒體上留言搏好感呢！」阿暉道。

「那、那是……」Isabelle 漲紅了面，欲言又止。

我尷尬地開口：「不如別再追究吧，反正事情都已經弄清楚了。」

「阿灤，阿 Belle 不改改這個性，早晚是要出事的。」阿暉咄咄逼人。

Isabelle 生氣了：「阿暉你才是要搞清楚！我要去新加坡，是因為我認得那是阿灤的初戀情人！是為了讓你看看，阿灤喜歡的人是甚麼模樣呢！你……像你這樣的，是沒機會的啦！」

房間的氣氛一下子炸開了。

「咦？」訊息量太大了，我的意識還未跟得上話題。

「哦？是這樣？」Jimmy 來回看看我和阿暉。

「Belle！你們都給我等等等等，先停一停！」

阿暉跳到床上，氣勢如虹地盯著 Isabelle：「阿 Belle，搞錯的人是你才對！」

「明明是你一天到晚都叫我約阿灤一起來吃飯！」Isabelle 反駁。

「那是因為……啊！可惡！好吧！我就全說出來好了！」阿暉跑到 Isabelle 跟前，直盯著她：「我申請入伍！」

「甚、甚麼……」Isabelle 完全愣住。

「你看男人的眼光太差了！與其讓你到處亂來，還不如由我來做 plan E 吧！我會打敗 ABCD 的！就這樣！」

Isabelle 滿臉通紅：「你這個笨蛋！這種話你不會私下說嗎？」

「誰笨蛋啦？私下說的話，你就只會無視我啊！」阿暉的臉也紅到耳背。

「噗哈——」我突然忍不住笑出聲來，所有人同時轉過來望著我。「啊，不好意思，我不是有心的。就是覺得你們這樣吵，真的很像老夫老妻，太可愛了……」

他們卻還是一臉震驚：「她在笑？」

「阿瀠笑了！」

「你竟然會笑啊？」

焦點一下子落在我身上，我超級尷尬：「甚麼啊，又不是動物園的猩猩……會笑不是很正常嗎？」

Isabelle 借勢跑過來挽住我手：「才不呢！認識你幾年了，笑得這麼真心還是第一次見到啊！」

「咦……是嗎……」

「看來是 Karl 的功勞啊？」

「不可能！就算是，也是因為梓穎的畫——」正說著，訊息一響：「灤，我買好材料了。等你有心情時，我幫你把拆下來的舊版《天使的微笑》釘好。」

是 Karl。我放下手機，心裡五味雜陳。

Isabelle 笑笑：「Karl Ooi 找你了？你還想再見他嗎？」

我深深地嘆口氣：「我也不知道……」

話未說完，又來了第二個訊息：「如果你不方便的話，就等你準備好吧。」

我的心裡，泛起一絲似曾相識的溫暖。就像打開音樂室的門，看到雨傘掛在門把上的那時。

或者，可以找他聊聊梓穎的事吧？

畢竟，再沒有別人能跟我談起他了。

「嗯，我準備好的時候再找你。」

在酒店 coffee shop 彈完琴之後，我搭上電車，前往上環。車上的風景，隨著時間，在我眼前逝去。

跟長大還真像呢——

我腦中隨著掠過的風捎來了幾個音符，我馬上拿出隨身的筆記本，把它們簡單記下。

大學畢業已經幾個月了。Isabelle 開始了空姐實習，甚至連延後畢業的阿暉都準備做工程師了。但我真的還沒想到，自己究竟可以做甚麼。

還好，媽媽很忍口沒有來催我，還讓我每天在家裡自由自在地彈新買的鋼琴。

教授聽過我的畢業作之後，曾找我談過，問我有沒有意向走作曲家的路。

我當然有興趣。只是，這也不是應徵就能入行的工作。

總之，反正有酒店的兼職，再加上兼職教琴的收入，我似乎還能再摸索多一會。想著，電車到站了，我下車向山上走去。

在上環到西營盤一帶的山上，太平山街附近，有幾條街開了不少畫廊。

陽光照入畫廊的落地玻璃，看著就覺得很舒服。

我沿街呼吸著藝術氣息，然後推門走進一家仍未開張的畫廊裡。在濃重的裝修味當中，Karl Ooi 回頭，對我笑了：「濚，你來了。」

我環視一下掛在牆上的畫，笑了：「準備得差不多了嘛。嗯，你選畫的品味挺好的。」

「嗯，我一直都很相信自己的眼光啊。」他笑了笑，把我帶到畫廊最深處。寬廣的牆上，《最美的笑容》和真正的《天使的微笑》並排掛在一起。在畫的下方，光明正大地寫著梓穎的名字。

兩幅畫上畫得太漂亮的笑臉，令我有點不好意思。

「這樣並排一起掛，你覺得好不好？」Karl 望望我。

「嗯，很好看。簡直就像梓穎的個人畫展一樣。」

Karl 深深地凝視我，笑了：「謝謝你把《天使的微笑》借給我擺。」

「嗯……不是你說的嘛？放在這環境下，濕度和溫度都比較合適。反正畫就是要被人看的，放你這裡總比塞在我家好啊。我家裡有那幅沒有臉的就夠了。」我抬頭回望 Karl：「而且你說過，我可以隨時過來看畫的吧？」

「嗯，當然。你想甚麼時候來就甚麼時候來。」

說著，他把鐵閘鎖匙放到我掌心裡。

握著，有種莫名的安全感。

我抬頭凝望那兩幅畫，彷彿又能看到當初梓穎在美術室舞動畫筆的模樣。

好懷念……

但我心裡也明白，再怎麼動人，再怎麼不捨，一切都已經很遙遠了。

「不知道梓穎其他的畫，現在又在哪裡呢？」

「聽陳Uncle說，還有一些在他師父那裡，另有一些賣了……不過，我會把他們找回來的。」Karl對我點點頭。

「真的嗎？能找回來就好了！我真的很想看看呢，長大後的梓穎畫的畫……對了，Mrs Lam那邊，我也會再去遊說一下。」

「嗯，如果都能掛在這裡，一定很美……啊，放心！假如有人要買我這兩幅鎮店之寶，我會對他們說，這些都是非賣品。」

「嗯，我信你。」

我們對視一笑。

Karl看看時間，拉我去畫廊的一角，打開音響組合：「今天約你過來，其實是為了這個……太好了，時間剛剛好。」

我有點好奇，他卻不再說明，只叫我細聽。

輕柔的歌聲在畫廊裡響起，似曾相識的旋律在耳邊迴盪。不同的是，多了一把甜美的女聲主唱。

「悄悄現身在你的面前

偷偷說句Bonjour」

我心中悸動，驚訝地望向Karl。

那兩句的旋律，我太熟悉了。因為六年前，我曾經在機場裡，把它彈了一次又一次。而那些歌詞也是我不久前交的畢業作品，一字不差。

Karl卻只是笑著點點頭，讓我繼續聽下去。我有點懷疑自己的耳朵，卻又聽到那把女聲繼續唱：

「……如果

我的記憶之中沒有了你

我也將不再是我——」

女聲到這裡完結，變成鋼琴配樂，然後聲音磁性的 DJ 開始介紹：「剛才聽過的是最新派台歌曲《天使的微笑》，主唱是……」

我的眼角濕潤起來。

耳邊，彷彿響起了梓穎的聲音——

**「我等著啊，看甚麼時候你成了作曲家或演奏家，我就聽著你的 CD 來畫畫！」**

我吸吸鼻子，轉頭望向 Karl：「我的畢業作品，怎麼會……」

Karl 凝視我，眼中帶著無限的溫柔：「這首歌，只有你的教授聽見不是太可惜了嗎？於是我問 Jimmy 有沒有辦法。Jimmy 介紹我認識了幾個樂隊成員，他們再幫我找了個在錄音室工作的朋友……總之，轉轉折折地把這首歌製成 demo 送去唱片公司。本來我只是試試看，沒想到竟收到唱片公司消息，說一個新晉女歌手喜歡這個 demo……」

我目瞪口呆，他卻以為我怪他，顯得有點慌了：「啊，對了，合約還在我這裡……啊，真抱歉，我只想給你驚喜，忘了先給你看……假如你不滿意條款的話，那……」

我看著Karl有口難言的樣子，難以自控地笑了起來：「這種小事，沒關係啦。」

「呃，你真的不介意嗎？雖然作曲、填詞是你的名字，不過版稅確實是……就是……」他看我一直在笑，滿臉通紅：「瀠，我是不是做錯了？對不起，我本來是想，想要補償你……」

「呵呵，真的不是啦。我只是覺得很高興，真的。」

「高興？真的？」

我輕輕點頭：「嗯，因為這首歌，是我……我跟他的約定。很重要的約定。你又幫了我一次呢，謝謝。」

「啊，別客氣……」他靦腆地笑了。

我凝望在牆上的兩幅畫，問Karl：「假如這首歌流行起來的話，他……會聽到嗎？」

他跟我一同仰望著畫，微笑點頭：「他現在就已經聽得到了。」

「是嗎？那樣，就已經足夠了。」

忘不了的約定——

我，一直記得。

他，也會一直記得。

記憶是多麼不可思議的東西。

只要我記住的話，他就一直不會消失。

一直，一直。在油畫裡，在音符裡，在我身邊的每一個角落裡。

我向著《最美的笑容》和《天使的微笑》笑了。

那是我這幾年來，最純粹、最由心而發的笑容。

就像我中四身處美術室時，那樣的一個笑容。

就像他的畫裡，那樣的一個笑容。

-完-

# 後記

感謝你投入到這個故事並看到最後，我是作者又曦。

這個故事，對我意義非凡。如果不計算跟朋友寫著玩的小說，這是 16 歲那年仍是一個中學生的我，正式創作的第一個故事。

那時，我在中學選報了公開試美術班。我從小沒學過畫畫，毫無根基，雖然心裡盼望自己是個千年難得一見的天才，卻被美術老師斷言不可能及格。當時對於公開試的殘酷不甚了了的我，被老師這樣說了仍厚著臉皮留下來，每星期兩三天準時回到美術室裡，跟幾個女生朋友一起，一筆筆繪畫自己的夢想。

美術室昏暗的陽光和氣味，就這樣刻印在我的記憶中。然後，就有了《如果記憶中沒有了你》這故事的雛型。

當時的故事名為《天使的微笑》，內容很簡單：穎在留學前留下一幅畫給灤，很久以後，灤終於發現，畫裡的秘密原來是……並沒有發生驚天動地的大事，只有青春的甘酸、青澀、遺憾和追憶，但我就是很喜歡。

長大後的我一次又一次重寫這故事，終於變成現在這個版本。即使經歷多次改寫，穎和灤的故事主線從來都沒變過，性格始終是原初那樣，甚至連名字也一直沿用。這樣一想，我是真的很喜歡他們，尤其是穎。

反而揭開畫秘密的手法，我每次重寫都徹底改過。例如開始時寫的是瀠真的沒看出來（也太笨！），還有就是表面再塗一層顏料要刮開（也太難！）……如今這版本，我覺得是最現實和可行的。

與畫的秘密一同天翻地覆的就是 Karl，他每次的名字、背景和個性都徹底不同，改著改著我總覺得迷失多元宇宙。如果有興趣看看其他平行世界的他，歡迎加入我的 patreon 閱讀上一個版本，個性真的完全不一樣啊。不過在這麼多版本裡，我最喜歡的還是現在的 Karl。體貼、細心、為朋友著想，沒有更好的了。

我以前經常被朋友說，在哪裡哪裡見到一個人很像你。他們都很真心，甚至有過：「你昨天去過銅鑼灣嗎？看到一個女生很像你。但應該不是的吧？她看起來年輕很多。」這種討打的說法。亦有朋友去完日本旅行回來說：「在日本 JR 上看到有個人跟你好像！」我一度懷疑，自己長得究竟有多大眾？怎麼全東亞都有影分身？但慢慢我開始明白，說不定並不是真的長得像，而是有某些相似的特徵，令他們想起我而已。於是我把這些個人經驗，加進這個故事裡。

順帶一提，如果同學們記得《自修室》系列裡阿翔認為 Michelle 長得像華小姐，那只不過是他的主觀投射而已，是真的完全不像。

遇見一個長得很像初戀的人——這應該算很純種的愛情故事開首吧。不過在愛情故事的甜美外皮裡，我很努力地加入自己喜歡的懸疑元素。在故事前段，也有幾次關於 Karl 身分的提示。不知大家有沒有看穿？希望各位同學都喜歡這種表達手法吧。有任何感想，歡迎留言告訴我啊！

最後，可能有人會想知道：「你公開試美術科及格了嗎？」

哈，說來慚愧，美術老師說對了，還真的不及格。然而，即使這樣也好，在美術室裡聞著複雜又古怪的混合氣味畫畫那兩年歲月，卻成為了我中學時代其中一個最深刻又最美好的記憶。

我們都無法改變時間的流逝、美好事物的消逝。但那一切一切，總會留在我們的記憶中，沒有任何人可以偷走、抹去。

只要記憶尤在，歷史就不會消失。

只要我們記得，我們就仍然是當初的我們。

感謝天行者出版及編輯 Zeny 對這故事提供大量支援，令它能順利出版。

出版業很不容易。如果這故事曾令你會心微笑或感動落淚，希望你可以推介給同學朋友及學校圖書館，讓更多人看到。喜歡我的話，請訂閱 patreon 支持我持續創作。

願我們有緣在下一本書再會。

又曦　2022 年初夏　於香港

# 如果記憶中沒有了你

戀講 04

作　　者　又曦
內容總監　曾玉英
責任編輯　林沛暘
書籍設計　Kathy P
相片提供　Getty Images

出版　天行者出版有限公司 Skywalker Press Ltd.
九龍觀塘鴻圖道 78 號 17 樓 A 室
電話　(852) 2793 5678
傳真　(852) 2793 5030
出版日期　2022 年 7 月初版

發行　天窗出版社有限公司 Enrich Publishing Ltd.
九龍觀塘鴻圖道 78 號 17 樓 A 室
電話　(852) 2793 5678
傳真　(852) 2793 5030
網址　www.enrichculture.com
電郵　info@enrichculture.com

承印　嘉昱有限公司
九龍新蒲崗大有街 26-28 號天虹大廈 7 字樓
紙品供應　興泰行洋紙有限公司

定價　港幣 $98　　新台幣 $490
國際書號　978-988-74783-2-4
圖書分類　（1）流行文學　（2）小說 / 散文